チェンチ一族

五幕から成る悲劇

パーシー・ビッシュ・シェリー 著
藤田 幸広 訳

音羽書房鶴見書店

訳者まえがき

　これは、イギリス・ロマン主義の詩人パーシー・ビッシュ・シェリー Percy Bysshe Shelley（一七九二～一八二二）が一八一九年に書いた詩劇 *The Cenci. A Tragedy, in Five Acts* の翻訳である。題名は『チェンチ一族――五幕から成る悲劇』と訳した。

　翻訳にあたり、作品の初版に基づいたテクストが収録されているノートン版 *Shelley's Poetry and Prose*, edited by Donald H. Reiman and Neil Fraistat, Norton Critical Edition, 2nd ed., W. W. Norton, 2002 を底本としたが、第二版のテクストに基づいたロングマン版 *The Poems of Shelley*, edited by Kelvin Everest and Geoffrey Matthews, vol. 2, Longman, 2000 も同時に参照した。言葉の解釈に最も役立ったのは、F・S・エリス F. S. Ellis のコンコーダンス *A Lexical Concordance to The Poetical Works of Percy Bysshe Shelley*, 1892 である。訳者の判断により、体裁に底本と異なる部分があることを断っておく。

　本作品は散文ではなく、ほとんどすべてがブランク・ヴァース（弱強五歩格の無韻詩）によって構成された韻文である。韻律の魅力を翻訳で伝える難業に関しては、唯々自分の無力さを感じざるを得ないが、他にも原文の内容を行単位で置き換えるという大変な作業が存在する。訳者としてはどうしても行数を記したかったため、可能な限りこの作業に挑戦した。ただし、行をまたいだ表現については数行単位で訳を対応させて行数を記してある。句読法もできるだけ原文に従ったが、コンマやセミコロンについては日本語の読みやすさを優先して柔軟に対応した。

訳注と訳者解説の内容は、先述した二つの版（とくにロングマン版には、マイケル・ロッシントン Michael Rossington による有益な解説が豊富に盛り込まれている）をはじめとするシェリー研究に関する文献ならびに主要な百科事典を参考にした。『チェンチ一族』以外の作品の翻訳は、訳者名を記載しているものを除いてすべて拙訳である（引用文献は巻末を参照）。原則として、紹介している人名と作品名には初出の際にアルファベット表記と生没年または出版年を付け加えたが、それ以外の年を記載した場合はその旨説明してある。「?」は、正確な年（作品の執筆期間を含む）が分かっていないことを意味する。

目　次

チェンチ一族

五幕から成る悲劇

献辞

リー・ハント様[1]へ

我が親愛なる友よ、

数年のように感じられた数か月の音信不通の末、ある遠く離れた国[2]から、私の最新の力作であるこの作品をあなたの名を記して献じます。

私がこれまでに出版してきた作品[3]は、美しいものや正しいものに対する私自身の理解を具現化した創造物《ヴィジョン》に他なりません。同時にそこには、若さや性急さゆえに起こり得る文学上の欠陥が認められます。これらの作品は、存在すべきもの、または存在するかもしれないものを描いた夢なのです。この度あなたに献呈する劇に描かれているのは、ある悲しい現実です。私は教師がするような無遠慮な態度をやめました、そして、自分自身の心に備えてある色を使い、過去にあった出来事を描くことに満足しています。

もし、人間が持つに相応しいもの[4]すべてを、あなたよりも多く賦与された人物を知っていたら、その方の名前をこの作品の飾りとして強く求めていたことでしょう。心優しく、名誉に値し、純潔で勇敢な人物。悪事を行ったり考えたりする人々すべてに気高い寛容の心を持ち、それでいて悪事とは縁のない人物。恩恵において、常に受け取ることよりも与えることのほうがはるかに多いにもかかわらず、その受け取り方、そしてその与え方をよく分かっている人物。質素であり、言葉の最も高度な意味において純粋な生活と習慣を持っている人物。私はあなた以上にそうである人物を知りませんでした。ですから、あなたが私の友人の一人となったとき、私はすでに友人関係において幸運だったのです。

家庭と政治にある暴虐と欺瞞に対して、あなたの人生行路が示してきた忍耐強く妥協を許さない敵意、[5] もし健康な体と才能があったのなら私の人生行路もきっと同じだったでしょうが、この敵意のもとに、務めを果たそうとする互いを励まし合いながら、生死を共にしましょう。

あなたに幸多きことを！

あなたの親しき友
パーシー・B・シェリー

一八一九年五月二九日、ローマにて。[6]

序文

イタリアを旅行しているとき、ある写本[1]に出会ったのだが、それはローマにあるチェンチ宮の文書保管所から書き写されたもので、一五九九年にクレメンス八世がローマ教皇の座に就いていた時代[2]に、ローマで最も高貴で最も裕福な一族の一つを破滅に追いやった恐怖の物語が詳細に書かれている。その物語とは、放埒で邪悪な生活を送ってきたある老人が、ついには自分の子供たちに執念深い憎しみを抱くようになるというものであり、その憎しみは近親相姦への欲望という形となって一人の娘に向けられ、残虐さと暴力に満ちたあらゆる環境によってその事態は悪化していく。その娘は、自分の心と体の両方が絶えず汚染されていると感じ、その境遇から逃れようと長く虚しい努力を続けていたが、ついに継母と兄と共に自分たちの共通の暴君を殺害しようと企てる。恐怖に打ち勝つ衝動によってこの恐ろしい行為へとかき立てられた若い娘は、明らかに優しく愛想のよい人物であり、周囲に美しさをもたらし賞賛される被造物であったが、環境と信念の持つ必然性によって自分の本性からひどくかけ離れてしまった。殺害行為はすぐに発覚し、ローマの最も高貴な者たちが教皇に対してこの上なく熱心な嘆願をしたにもかかわらず、犯罪者たちは処刑されてしまう。あの老人は、生涯を通じて何度も極悪で口にするのもおぞましい重罪を犯しては、一〇万クラウン[3]

と引き換えに教皇から恩赦を得ていた。したがって、彼の犠牲者たちの死は、正義に対する愛によって説明できるはずもなかった。教皇は、自己の厳格さを示す動機の一つとして、チェンチ伯爵を殺したのが誰であれ、それによって確実に得られる豊富な財源が奪われてしまう、という思いがあったのかもしれない。[4]もし登場人物たちが抱いたすべての感情、すなわち互いに抱きながらも、すべてが重なり合って一つの恐ろしい結末へと向かっていった希望や恐怖、信頼や疑念、様々な関心、情熱、そして信念といったものを読者に伝えるために語られるのであれば、このような物語は、人間の心にある最も暗く秘密に包まれた洞窟のいくつかを露《あらわ》にする光となるであろう。

ローマに到着して分かったことは、イタリア社会においてチェンチ一族の物語が、必ず息を呑むような深い関心をもって語られる話題だということであった。また、人々の感情が必ず、あの不当な仕打ちに対する空想的な同情、そしてその仕打ちが原因で彼女がやってしまった恐ろしい行為に対する情熱的な弁護へと向かうことも分かったが、その彼女は二世紀もの間、社会の塵の中に混ざり込んで存在していたのである。どの階級の人々もこの物語の概要を知っており、人の心を興奮させる魔力のような圧倒的関心を共にするのであった。私はコロンナ宮に所蔵してあるグイドが描いたベアトリーチェの肖像画[5]の写しを持っていたのだが、私の召使いはそれがチェンチ家の娘の肖像画だということを瞬時に分かったのである。

この物語が現在もたらす、また二世紀にわたってある偉大な町に住むすべての階級の人々にもたらしてきた国民的かつ普遍的な関心は、想像力を絶え間なく呼び覚まし活発にさせるものだが、これが劇作という目的に適しているという考えがまず私の心の中に浮かんだ。実際これは、人々の共感を呼び起こし持続させる力を持っているという理由から、すでに賞賛と成功を得てきた悲劇なのである。私と同国の人々が理解できるように、彼らの心に響く言葉と行為によってこの物語を表現することだけが私の思いの中に残った。最も深遠で最も崇高な悲劇、すなわち『リア王』とオイディプス王の物語が語られる二つの演劇[6]は、シェイクスピアとソポクレスが後世になって人類の心に慣れ親しませるようになる前から、民衆の信念や興味に関する事柄としてすでに伝承されていた物語だった。

　このチェンチ一族の物語は実際、非常に恐ろしくぞっとするような内容である。これをそのまま舞台上で表現するようなことは容認できるものではないだろう。このような題材を扱う者は、出来事にある想像上の恐怖を増大させ、実際の恐怖を減少させなくてはならない。そうすれば、嵐のように起こる苦難と犯罪の中に存在する詩から生じた喜びによって、苦難や犯罪の源である道徳的な腐敗を静観する苦痛が和らげられるかもしれない。また、一般的に道徳的意図[7]と呼ばれるものに従って表現をする試みがあってはならない。最も優れた劇の中で意図されている最も優れた道徳的意図とは、共感と反感を通じて、人間の心に心そのものの知を教授することであり、その知を得る度合いに応じて、すべての人間は賢明で、公平で、誠実で、寛容で、そして親切になれるのである。

もし教義[8]にそれ以上のことができるのなら、それはそれで構わない。しかし、劇は教義を強要するのに相応しい場所ではない。疑いもなく、いかなる人間も他人の行為によって実際に恥辱を与えられてはならない。そして最も大きな危害に対する正しい返礼とは、優しさと寛容さ、そして危害を与えた者を平安と愛によって邪悪な情念から改心させようとする決意なのである。復讐、報復、贖《あがな》いは、有害な過失である。もしベアトリーチェがこのような考え方を持っていたら、もっと賢明で善良であったことだろう。だが、彼女は決して悲劇的登場人物とはならなかったであろう。このような考え方に基づく表現に関心を抱いていた少数の人たちは、劇的な意図に十分な関心を抱くことはなかった。というのも、彼らは自分たちを取り巻く大衆が持っている興味に対して共感を抱かなかったからである。ベアトリーチェを弁明したいと思っている一方で、彼女は弁明を必要とする行為をしてしまったと感じている人々が抱く不安定で詮索的な詭弁[9]、そして彼女の受難と彼女たちの復讐を同等に考える人々の迷信的な恐怖、これらの中にベアトリーチェが行ったことや被ったことを生み出す劇的な性格が存在しているのである。

私は、登場人物を実際そうであったような人物にできるだけ近づけて表現することに努めたし、私自身の善悪や真偽に対する考え方によって彼らを行動させるような過ちを犯さないようにした。ゆえに私は、自分自身の心が一六世紀の名称や行動を冷静に具現化できるような一枚の薄いベールに従ったのである。彼らはカトリック教徒として、しかも信仰に深く染まったカトリック教徒として描かれている。プロテスタントの理解からすれば、チェンチ一族の悲劇に浸透している神と人間の関係が生む熱心で永続的な感情には、何か不自然なものが感じられるかもしれない。とくに、広く普及した宗教の真理に対する疑いなき信念と、恐ろしい罪の中で冷静かつ決然と耐え忍ぶ精神とが結びついていることに驚かされるだろう。しかし、イタリアにおいて宗教とは、プロテスタントがいる国のように特別の日に着るマントでもなく、人に罵られたくない者が提示するために持ち歩く通行許可証でもない。また、我々の存在の不可知な謎を見抜こうとする陰気な情熱でもないわけで、その情熱に取り憑《つ》かれて暗い深淵の縁へと連れてこられ、恐怖に陥ることもないのである。イタリアのカトリック教徒の心の中で、宗教はいわば、誰もが一番理解していることに対する信念と共存しているのだ。宗教は生活すべての構造に織り込まれている。それは、崇拝、信念、服従、悔悛[10]、盲目的な賛美であって、道徳的な振る舞いの規範ではない。それはいかなる美徳とも結びつく必要はない。最も残虐な悪党が頑迷に信心深くあったり、確立された信条を動揺させずに自分は信心深いと告白したりすることがあり得るのである。宗教は社会全体の骨組みに深く浸透しており、それが宿った気質によって情熱、信念、容赦、避難所にはなるが、決して抑止力にはならない。チェンチ自身も、自分の屋敷の中庭に教会を建てると、それを使徒の聖トマスに捧げ、自己の魂の平安のためにミサを行っていた。[11] ゆえに第四幕第一場において、チェンチに阿片を盛った後に身の危険をさらして彼を諫《いさ》めようとするルクレツィアの意図は、作り話をして彼に死ぬ前に告白[12]をさせることにあった。それが罪からの救済に不可欠であるとカトリック教徒に考えられていたからである。結局彼女は、自分の頑張りがかえってベアトリーチェを新たな暴力行為へと追いやってしまうことが分かると、その目的を諦めてしまうのである。

私はこの演劇を書くにあたって、一般に純粋な詩と呼ばれるものを持ち込まないよう細心の注意を払ったので、独立した比喩表現や孤立した描写はほとんど見当たらないだろうと考えている。ただし、ベアトリーチェがする父親殺害に用意される峡谷の描写[13]は、この性質のものだと判断されるに違いない。

劇の創作において心象《イメジャリー》と情熱は互いに浸透し合うべきである、というのも、前者は後者が十分に発展して描写されるときにのみ生まれるものだからである。想像力とは、人間の情熱を救済するために肉体となった不死なる神のようなものだ。強い感情を描写するときに、最も縁遠い心象と最も親しみ深い心象が共に劇の目的に適しているのはそのためであり、感情の巨大な影をすべてに投げかけながら、低きものは高められ、そして気高きものは理解可能なものへと調整されるのである。

他の点においては、あまり注意を払わずに書いた。つまり、綿密過ぎて博識ぶった言葉の選択は行わなかったのである。この点に関しては、現代の批評家たちの、我々は真の共感[14]を生み出すために人々が慣れ親しんでいる言葉を使わなくてはならないという主張や、我々の偉大な先駆者である古きイギリスの詩人たち[15]は、彼らを研究することで、彼らが当時行ったことを自分たちの時代でもやってみたいと刺激してくれる作家たちだという主張にまったく賛成である。しかし、そのような言葉は普通の人々が使っている現実の言葉であるべきで、作家が偶然一員となっている社会の特定の階級で使われる言葉であってはならない。私が試みたことについては、これ以上述べないことにする。成功はまったく別の問題だ、と自信たっぷりになる必要は私にはない、とくに最近になって劇文学の研究に関心が芽生えた者にとっては。

ローマに滞在している間に私が努めたことは、よそ者でも見ることができるこの物語の記憶を留《とど》めたものを観察することであった。コロンナ宮にあるベアトリーチェの肖像画は、芸術作品として賞賛すべきものである。この絵は、彼女が監獄に閉じ込められていたときにグイドによって描かれたものだ。だがこれは、自然な出来栄えの最も美しい見本の一つを的確に表現しているものとして非常に興味深い。彼女の表情には硬直し青ざめた落ち着きがある。彼女は悲しみ、精神が打ち砕かれたようにも見えるが、そのように表現された絶望感は、柔和さから生まれる忍耐によって和らげられている。彼女の頭は白い襞《ひだ》付きの布によって包まれているが、そこから金色の髪の房がはみ出し、首元の辺りまで垂れている。顔立ちはこの上なく繊細である。眉毛はくっきりとしていて弧を描いている。唇は、苦難も抑え込むことができず、まるで死でさえも消し去ることができないような、想像力と感受性の持つ永遠の意味を含ませている。彼女の額は広く、はっきりと見えている。目は快活さが特徴的だと聞いていたが、泣いたせいで輝きを失い、腫れ上がっている。それでも、美しいほどに優しく穏やかな目をしている。全体の様子には純粋さと気高さがあるが、この上ない愛らしさと深い悲しみとが一緒になって、言葉では表せないほどの哀愁を漂わせている。ベアトリーチェ・チェンチは、活力と優しさを互いに損なうことなく兼ね備えた類い稀な人物の一人だったようだ。彼女の性格には純真さと奥深さがあった。彼女を役者と受難者にさせた犯罪と苦難は、この世という舞台で演じさせるために環境が彼女に着せた仮面とマント[16]のようなものである。

チェンチ宮はとても広大である。一部は現代風に作り替えられているが、この悲劇の題材となる恐ろしい現場があったときと同じ状態のまま、巨大で陰気な封建時代の建築物がずらりと残されている。この屋敷は、ユダヤ人地区の近くにあるローマでは人目に付かない一角に位置しており、上にある窓からは、パラティーノの丘[17]にある巨大な廃墟が鬱蒼と生い茂った木々に半分隠れた状態で見ることができる。屋敷の中には中庭があり（恐らくチェンチが聖トマスに捧げた礼拝堂を建てた場所であろう）、花崗岩の柱に守られながら洗練された造りの古風な小壁で飾られており、非常に古いイタリアの様式に従って透かし細工のバルコニーが並んでいる。とくに私を印象づけたのは屋敷にある門の一つで、巨大な岩で作られ、暗くそびえ立った廊下を通って陰鬱な地下室へと続いていた。

ペトレッラ城[18]については、写本から分かったこと以外の情報を得ることができなかった。

登場人物

フランチェスコ・チェンチ伯爵
ジャコモ　チェンチの息子
ベルナルド　チェンチの息子
カミッロ枢機卿
オルシーノ　司教
サヴェッラ　ローマ教皇特使[1]
オリンピオ　刺客
マルツィオ　刺客
アンドレア　チェンチの召使い
　貴族たち、裁判官たち、衛兵たち、[2]召使いたち
ルクレツィア　チェンチの妻、彼の子供たちの継母
ベアトリーチェ　チェンチの娘

場所　主にローマ、第四幕ではアプリア地方[3]のアペニン山脈にあるペトレッラ城に移る
時　ローマ教皇クレメンス八世の在位期間中

第一幕

第一場　チェンチ宮の一室

チェンチ伯爵とカミッロ枢機卿登場。

カミッロ　あの殺人の一件[1]は揉み消されるでしょう、
もしピンチアーナ門[2]の向こうにある閣下の領地を
教皇聖下[3]にお譲りすることに同意されれば。――
教皇の心をこの件へと向けさせるのに
秘密会議《コンクラーベ》での私の影響力をすべて要しました。教皇はおっしゃいました、
閣下はお金を使って危険な免責を手に入れたと。
また、閣下が犯したような罪が一度や二度示談になれば
教会が裕福になり、悔い改めて生きるかもしれない
罪深き魂の地獄行きが猶予されるだろうとも。――
しかし一方で、教皇の就く高き玉座が栄光や利益をもたらすことと

閣下がその玉座を利用して
周りの敵意ある視線から隠し切れない
数々の忌まわしい犯罪を日常的に取り引きすること、
これら二つは相容れないものだとおっしゃっています。

チェンチ　俺の領地の三分の一よ——なくなるがいい！
そう、前に聞いたことがあるぞ、
教皇の甥[4]がお抱えの建築家に土地を検分させ、
今度、伯父と俺が示談になったときに
俺のぶどう畑に別荘を建てようとしていることを。
このように裏をかかれるとは少しも思わなかった！
今後は家来が漏らす恐れのある行為を
目撃者の目に——ランプの明かりでさえもだ——さらさないようにしよう、
あの家来には、礼として砂ぼこりで窒息させてやった。
奴に見られた行為よりも、何の価値もない奴の命を消すほうが
高くついたではないか。——腹立たしい限りだ！
俺の地獄行きが猶予されただと！——ならば悪魔が

あの者たちの魂の天国行きを猶予されんことを。きっと教皇クレメンス、
そして非常に慈悲深い彼の甥どもが祈っているのだろう、
使徒ペテロ[5]や聖人たちが
自分たちに免じてお許しくださるようにとな、
力、富、傲慢さ、そして肉欲、
さらには教皇らの財産管理人となる行為ができる日々を
俺がずっと享受できることを。——だが、彼らが俺にする権利を与えていないことが
まだたくさん残っているのだぞ。

カミッロ　ああ、チェンチ伯爵！
そんなにたくさん残っていれば、名誉を重んじながら生活し、
閣下ご自身のお気持ちや神様、
そして閣下に憤慨しているこの世界と和解できるでしょうに。
肉欲と血に染まった行為が、雪のように白く尊ぶべきその髪と対照を成して
なんと恐ろしく思えることか！——
今、子供たちが閣下を囲んで座っていてもよいはずなのに、
ところが閣下は、あの子たちの顔に自ら刻んだ恥辱や惨めさを

読み取るのを恐れています。
奥様はどこにいらっしゃいます？　閣下の優しいお嬢様はどちらですか？
お嬢様の愛らしい表情はすべてのものを美と喜びで満たしますが、
閣下の中に棲《す》んでいる悪魔さえも殺すのではと思っております。
なぜあの方は社会との関わりを断たれてしまい
不平も言わずに異常な仕打ちを受けているのでしょうか？
伯爵、話してください、――私の気持ちをよくご存知のはずだ。
私は、闇の心と燃え盛る心を持った青春期の閣下のそばで
大胆かつ邪悪な遍歴を見てきました。それはまるで数々の流星を
目撃するようなものでしたが、消え去ることはなかった――大人になり
向こう見ずで冷酷になった閣下にも注目してきました。そして今
私の目の前にいるのは、不名誉な老年期を迎えて
多くの悔いていない罪で非難されているあなたです。[6]
しかし私は、閣下が改心されるのをこれまでずっと望んでいましたし、
その望みから三度も閣下の命を救ってきたのです。
チェンチ　そのお陰で、アルドブランディーノ[7]が今あんたに感謝しているというわけか、

ピンチアーナ門の向こうにある俺の領地を得られるのだからな。――枢機卿、
今後一つだけ覚えていてほしいことがある、
そうすればお互い、遠慮なく話せるようになるだろう。
あんたも知っているある男が、俺の妻と娘について話していたことがあった――
奴はよくうちの屋敷に出入りしていたのだ。
すると次の日、奴の妻と娘がやって来て
奴を見なかったかと尋ねてきた。だから俺は微笑んでやったのだ。
恐らく、二人が奴に会うことは二度とないだろうからな。

カミッロ　あなたは忌まわしい男だ、用心しなさい！――

チェンチ　あんたのことをか？
いや、くだらんことだ。――お互いのことを知ったほうがいいだろう。
俺が欲するがままに自分の感覚を喜ばせ
その権利を力と狡猾さで守っているのを見て
周りの連中はそれを罪だと呼んでいる、そんな俺の性格は
公に知れ渡っていることであって、それに関して
議論するのは別に構わない。あんたには

俺自身の敏感な心と同じように話してやるとしよう――
というのも、あんたは俺を半ば改心させたと公言しているが、
それだけに、その強い自惚れで黙ることになるからだ、
もし恐怖が黙らせなかったとしたらな、だが、両方で黙るのは間違いない。
人間は皆、性的な快楽に喜びを感じ、
人間は皆、復讐を楽しむ。そして自らが決して味わうことのない拷問に
この上ない喜びを感じるのだ――
自分の秘めたる平安を他人の苦痛で満たしてな。
他のものでは喜びは得られない。愛するのは
苦悶の光景、そしてそこから得られる喜びの感覚だ、
苦悶の光景は他人のもの、喜びの感覚は俺のものというわけだ。
憐れみなどはまったくなく、恐怖心もほとんどない、
俺に言わせれば、そんなものは他人どもが持っている抑止力だ。
こんな気質が俺の中で成長し、そして今や
揚げ足取りの空想がいかなる図案でも
望み通りの絵画に作り上げていく、出来上がったものは

あんたのような人間が知って驚くようなものだけで、
それがうまく行くまでは、普段の食事や休息が
お預け状態になっているようなものだ。

カミッロ
自分が
とても哀れな人間だと思わないのですか？

チェンチ
哀れだと、なぜだ？——
いや。——俺はあんたら神学者たちの言う
非情な人間なのだ。——非情なのは奴らのほうだろうが、
ずうずうしくも他人の勝手な趣味を罵倒しおって。
たしかに、昔のほうが幸せだった、大人になった後も
思ったことは行動に移してきた。
肉欲のほうが復讐よりも甘美だったのだ。ところが今は
何も思いつかなくなってしまった。——なるほど、我々は皆、年老いるものだ——
だが、俺の欲望よりも鈍った欲望でさえも
恐怖によって激しくなるような行為が
まだ残っているはずだ——やってみたいが、——それが何なのか分からない。[8]

若いときは快楽のことで頭がいっぱいだった。
俺は甘い蜜を吸って生きてきたのだ。
聖トマスに誓って[9]！　人間は蜜蜂のようには生きられない、
そして俺も徐々に疲れていった。――それでも、ある敵を殺して
そいつのうめき声、そしてその子供らのうめき声を聞いたとき
この世に別の喜びがあることを知ったのだ、
それも今では大した喜びではない。俺が眺めたいのは
恐怖だけでは語れない激しい悶《もだ》え、
涙も出ずに硬直した眼球、そして震える青白い唇であり、
これらが物語っているのは、血の混じったキリストの汗[10]よりも
苦い涙を流して魂が泣いている様だ。
頑丈な牢獄の中のように、俺の力の中に魂を預けた肉体[11]は
めったに殺すようなことはしない、
俺は延々と続く苦痛を与えて恐怖の空気を吸わせ
そこで魂を養ってやっているのだ。

カミッロ

地獄で最も邪悪な悪魔も決して

罪に酔いしれながら自らの心に話しかけることはないでしょう、
今、閣下が私に話しているように。
私が閣下に心を預けていないことに対して、神に感謝します。

アンドレア登場

アンドレア　ご主人様、サラマンカ[12]からお越しの紳士が
話をしたいとのことです。

チェンチ　大広間で待つように
言ってくれ。

〔アンドレア退場

カミッロ　それではまた。全能なる神に祈りましょう、
その不実で不敬な言葉が原因で
聖霊が閣下を見捨てることのないように。

〔カミッロ退場

チェンチ　俺の領地の三分の一が！　これからもっと

切り詰めなくては。さもないと、老いたる身には剣《つるぎ》となる金が
この皺だらけの手から落ちてしまう。ところが昨日
教皇から命令があり、あの忌まわしい息子どものために
今の四倍の生活物資を送るようにとあった。
あいつらをローマからサラマンカへと送ったのは、
何らかの事故で死んでしまうのを期待してだ。
できることなら飢え死にさせるつもりでいた。
神よ、願わくは突然奴らに死が訪れんことを！
ベルナルドと妻も死んで地獄に行くのも
悪くはないがな。——さて、ベアトリーチェは——
〔疑い深く辺りを見回して〕[13]
ドアの向こうでは何も聞こえないだろうな。
もし聞かれでもしたら？　だが口に出す必要はない、
たとえ心が声なき言葉によって凱歌を揚げているとしても。
おお、この上なく静寂した空気よ、俺が今考えていることを
聞いてはならぬ！　地面よ、俺はお前を踏みながら

娘の部屋へと向かっていく、――お前自身を響かせ
発見されても何とも思わぬ俺の堂々たる足音を語るのだ、
だが俺のもくろみを語ってはならぬ[14]！――アンドレア！

アンドレア登場

アンドレア　ご主人様？

チェンチ　ベアトリーチェに伝えろ、夕暮れどきに自分の部屋で
待つようにと。――いや、深夜にだ、一人だけでな。

〔退場〕

第二場　チェンチ宮にある庭園

ベアトリーチェとオルシーノ、会話をしながら登場。

ベアトリーチェ　真実を曲げないで、

オルシーノ。私たちがどこでその話をしたのか
覚えているわね。——いえ、この糸杉の木からでも
あの場所が見えるわ。——二年という長い月日が経ちました、
四月のある真夜中に、月の光が当たる
パラティーノの丘[15]の廃墟の下で、
私の秘めた思いをあなたに打ち明けてから。
オルシーノ　あのときあなたは、私を愛していると言いました。
ベアトリーチェ　　　　　　　　あなたは聖職者よ、
私に愛のことは言わないで。
オルシーノ　　　　　結婚ができるよう
教皇から特免[16]をいただけるかもしれません。
私が聖職者だからといって、まるで猟師と傷を負った鹿のように
あなたの姿が寝ても覚めても私を追いかけることはない、
そのように信じておいでですか？
ベアトリーチェ　言ったでしょ、私に愛のことは言わないでと。
あなたが特免を得たとしても、私にそんなものはありません。

それに、この惨めな家を出ていくわけにはいかないの、
かわいそうなベルナルド、そして私の命と
この清い心を守ってくれる優しい女性が
私と苦しみを分かち合っているうちは。
ああ、オルシーノ！　かつて私があなたに抱いた愛、
あれはすべて苦々しいものへと変わってしまったわ。
私たちは若さゆえに結婚の誓いを立て、それをあなたが最初に
破ったのよ、教皇がお許しにならない誓いを装ったのだから。
それでもあなたを愛すわ、でもそれは神聖なものであり、
妹が、または霊的な存在が抱くような愛です。
だから私は冷たい忠誠[17]を誓いましょう。
私たちは結婚しないほうがいいわ。
あなたには私に似つかわしくない
狡猾で人を欺く気質があるから。――ああ、私はなんて惨めなの！
何を頼りにしたらいいの？　今でさえあなたは
まるで私の友人ではないかのように、そしてまるで

私がそう思っているかのようにこちらを見ているし、その偽りの笑顔によって
私の正しい疑念は、あなたへの不当な仕打ちへと変えられてしまうのよ。
ああ！　いいえ、許してちょうだい。悲しみのあまり
以前よりもきつい性格になったような気がするわ。
憂鬱な気持ちが重くのしかかって、
何か悪い予感を覚えます、――でも、今耐え忍んでいることよりも
どんな悪い予感があるというのかしら？

オルシーノ　すべてうまく行きますよ。
嘆願書[18]の用意はもうできましたか？　愛しいベアトリーチェ、
知ってのとおり、私の情熱はあなたの思いのまま。
信じてください、教皇があなたの訴えに耳を傾けるよう
最高の腕前を発揮いたしましょう。

ベアトリーチェ　あなたの情熱が私の思いのまま。――よくも、あなたは冷酷ね！
最高の腕前……一言だけ言ってちょうだい……
ああ！　〔傍白

ここでたった一人の友人と言い争っているなんて
私はなんと弱くて孤独な生き物なの！

〔オルシーノに

オルシーノ、今夜、父が豪華な宴会を開くわ。
父はサラマンカから、つまりそこにいる兄たちから
何かよい知らせを受け取ったの、
でもあの方は、見せかけの愛で
心の中にある憎しみを隠しています。あれは大胆な偽善行為よ、
だって、兄たちが死んだら父は喜んでお祝いをするでしょうし、
兄たちの死を父が祈っているのを聞いたことがあるから。
偉大な神様！　あのような人が私の父だなんて！
でも、そこには特別な準備がされていて、
私たちの親族、つまりチェンチ一族が全員、この宴会に集まるの、
そしてローマの主な貴族の方々もすべて。
そして私と青白い顔をした母は
祝宴用の衣装を着るよう父から言われました。

かわいそうな女性《おかた》！　あの方は今回の行いを通じて
父の邪悪な心によい変化が訪れるのを期待しているわ。私はしていないけれど。
食事をしているときに嘆願書をお渡しします。
では、そのときまで――さようなら。

オルシーノ　さようなら。

〔ベアトリーチェ退場

教皇が
俺を聖職者の誓いから解放してくれないのは分かっている、
数ある裕福な司教区から得られる
収入を手放さない限りは。[19] そして、ベアトリーチェ、
お前をもっと安く勝ち取ってやるぞ。
彼女の雄弁な嘆願書を教皇に読ませはしない。
もし読んだら、教皇は六番目の従兄弟がいる貧しい親戚に
彼女を渡すかもしれない、以前、彼女の姉にそうしたように、[20]
そうなったら、俺はまったく彼女に近づけなくなってしまう。
では、彼女が父親から受けている仕打ちとはどんなものか、

すべてがひどく誇張されている。——
老いたる者は気が短く、自分の思い通りに行動するもの。
男だったら敵や家来を刃物で刺すこともあるだろうし、
自由気ままに酒や女を楽しんで過ごしたりもするだろう、
そして不機嫌な気持ちで退屈な家に帰り、
妻や子供たちを罵倒するかもしれない。
娘たちや妻たちはそれを卑劣な暴虐と呼んでいる。
あいつらが愛の計略にかかることよりも
重い罪が俺の良心にないとすれば
十分満足というもの——計略とは
彼女が逃げられない網のことだ。だが恐れているのは
彼女の繊細な心、そして畏怖の念を与える眼差しだ、
あの目が放つ光によって俺は神経の隅々まで調べ上げられ、
丸裸になってしまう、そして隠していた思いが視界に入ると
顔を赤らめてしまうのだ。——ああ、それでは駄目だ！　俺にすがりつく
友人のいない少女、俺を唯一の希望としている者よ。——

鹿の視線で気が動転した
豹《ひょう》に劣らず、俺は愚か者となるだろう、
もし彼女が俺から逃げてしまったら。[21]

〔退場〕

第三場　チェンチ宮の荘厳な大広間、宴会

チェンチ、ルクレツィア、ベアトリーチェ、オルシーノ、カミッロ、貴族たち登場。

チェンチ　我が友人ならびに親族の方々、ようこそ。
教会の支援者である貴族の方々、そして枢機卿の方々、ようこそ、
あなた方のご臨席はこの祝宴に栄誉を与えるものだ。
私は本当に長い間、隠者のような暮らしをしていたので、
あなた方の楽しい会合に出ていないうちに
私に対する心ない言葉が世に広まってしまった。

だが高貴な友人の皆さん、あなた方には是非とも期待したい、
ここで共にお祝いをし、
なぜお祝いをするのか、その神聖な理由をお聞きいただき、
そして健康を祝して何度か乾杯する際は、
私があなた方と同じく、血の通った人間であると思ってほしい。
たしかに私は、アダムによって皆がそうなったように、罪深い人間だ、[22]
しかし、心優しく、穏やかで、憐れみ深い人間でもあるのだ。

来客1　閣下、実際あなたがとても心軽やかで
陽気で親しみやすく感じられますので、
噂で言われている行為をするとは思えません。
〔同伴者に
目の中にこんなにも陽気さが満ち溢《あふ》れているのを
今まで見たことがない。

来客2　大いに望んでいたある出来事、
その喜びを皆で分かち合うために
私たちはここに集まったのです。伯爵、それをお聞かせください。

チェンチ　これはたしかに大いに望んでいた出来事だ。
例えばの話だが、ある父親が親心によって
この世から万物の偉大なる父に向かって
ある願い事をしたとしよう、床《とこ》に就いて眠るときも、
願い事の夢を見て目覚めたときもだ。
一つの祈願、一つの願望、一つの希望、
二人の息子のことで一つの望みを叶えてほしい、
その子らに対してこれだけは叶えてほしいと――
それが突然、父親の切なる願いを飛び越えて
成就してしまう、もしそうなったら、父親はきっと大いに喜んで
友人たちや親族たちを宴会に招待し、
自分の喜びを皆の愛で飾り立てようとするだろう、
ゆえに、私に栄誉を与えてほしい――というのも、この私がその父親なのだから。

ベアトリーチェ　（ルクレツィアに）
神様！　なんと恐ろしい！　何かとんでもない災いが
兄たちの身に降りかかったに違いありません。

ルクレツィア
勝手気ままに話しているだけよ。
　　　　　　　　　　　この子ったら、恐れては駄目、

ベアトリーチェ
　　　　　　そんな！　体の血が一気に冷たくなっていく。
目の周りにまで広がるあの邪悪な笑いが恐ろしい、
額のほうまで皺を作っているわ。

チェンチ　ここにサラマンカから来た手紙がある。
ベアトリーチェ、母親に読んで聞かせるんだ。神よ！
あなたに感謝する！　あなたは一夜のうちに、不可思議な方法を使って、
私の望んでいたことを叶えられた。[23]
従順さに欠ける反抗的な私の息子たちが
死んだ！――なぜに、死んだ！――その表情の変わり様は何です？
私の言っていることが聞こえないのですか、息子たちが死んだと言っているのです。
奴らにはもう食べ物も着る物も必要ない。
奴らに暗い道[24]を案内してくれた蝋燭《ろうそく》が
最後の出費だ。きっと教皇は
私が柩《ひつぎ》にいる息子たちまで養うことを望んでいないだろう。

一緒に喜んでください——この上ない嬉しさで胸がいっぱいだ。
〔ルクレツィア、半ば気を失って倒れる。ベアトリーチェ、彼女を支える

ベアトリーチェ　あれは真実ではありません！——愛しい女性《おかた》、こちらを見てください。
天には神様がいらっしゃるのですから、もしこれが真実だったら
父が生きてあんな恩恵を自慢げに話すわけがありません。
自然に反する人、そのお話が偽りであることはご存知のはず。

チェンチ　いや、神の言葉と同じく真実だ、神をここにお呼びして
私が大真面目な話をしていることの証人になってもらおう。——
そして、奴らがどのようにして死んだのかにおいても
この上なく慈悲深い神の摂理が示されているのだ。というのもロッコ[25]は
ミサでお祈りをしていたが、そこには他に一六人の祈祷者たちがいた、
すると教会が崩れ落ち、奴はグチャグチャに潰れてしまったのだ、
他の者たちは傷一つなかったというのに。クリストファーノはといえば
嫉妬に駆られた男に誤って刺し殺されてしまった、
一方、男が愛していた女は別の恋敵《こいがたき》と寝ていたということだ。
これら二つとも、同じ夜の同じ時間に起こったのだ。

これこそ、天が私に特別な計らいをした証拠というもの。
私を愛する友人方にお願いする、
どうぞその日を祭日として暦に記録してほしい。
あれは一二月二七日[26]であった。
そうだ、もし私の誓言《せいごん》を疑っているのなら手紙を読んでみるといい。

〔一同、困惑した表情。何人かの来客が立ち上がる

来客1　おお、恐ろしい！　失礼させていただく。——

来客2　私も。——

来客3　いや、留《とど》まりください！
何かの冗談に決まっています。まったく！
若干もったいぶって我々をからかっているだけです。
恐らくご子息がスペインの王女と結婚されたとか、
エルドラド[27]にある金鉱を発見されたのでしょう。
今日のような知らせには面白い味付けが必要なのです。どうぞ、留まりください！
あの笑顔を見れば、からかっているだけだと分かりますよ。

〔杯《さかずき》にワインを満たして、その杯をかざす

チェンチ

おお、色鮮やかなワインよ、この黄金の杯とランプの光で
お前の紫の輝きは陽気に飛び跳ねて泡立っている、
それはまるで、あの呪われた息子たちが死んだのを
聞いたときの俺の心のようだ！
もしお前を奴らの血だと信じることができたら
聖体[28]としてお前を味わおう、
そして地獄にいる強大な悪魔のためにお前で乾杯しよう、
人々が言うように、父親の呪いが素早く飛べる翼を付けて
自分の子供らの魂を追って上昇し、
まさに天の玉座のある場所からその魂を引きずり下ろすとき、
悪魔は俺の勝利の中で凱歌を揚げるのだ！――だがお前は
もう十分だ。喜びを存分に味わってしまったからな、
今夜はこれ以上ワインを味わう必要はない。
アンドレア、ここだ！　この杯を持ってまわるんだ。

ある来客

〔立ち上がって
この恥知らずめ！

ここに集まった貴族の中で
この破廉恥な悪党を食い止める者はいないのか？
カミッロ　お願いですから
来客たちを退出させてください！　あなたは正気ではない、
ここから何か不吉なことが起こるでしょう。
来客2　奴を取り押さえて黙らせろ！
来客1　私がする！
来客3　私もだ！
チェンチ　〔立ち上がった者たちに威嚇するような身振りをして
動くのは誰だ？　話すのは誰だ？
〔来客たちのほうを振り向いて
何でもない、
楽しんでくれ。――用心するがいい！　というのも
俺にとって復讐は王の印が付いた命令みたいなもの、
そこに殺人があっても、誰も殺《や》った奴の名前を言う度胸はない。[29]
〔宴会は中止され、何人かの来客がこの場から立ち去ろうとする

ベアトリーチェ　高貴な方々、お願いです、ここから立ち去らないでください。
どうすればよいのでしょうか、暴虐、そして神を敬わぬ憎悪というものが
ある父親の白髪頭に守られて存在するとしたら？
どうすればよいのでしょうか、私たちに手足を与えておきながら
それを拷問にかけて勝ち誇っている者がその人だったら？　いったいどうすれば、
見捨てられて死人同然の私たちがその人の肉親、
すなわち、本来その人に愛され守られるべき妻子だったとしたら？
もしそうだとしたら、私たちはこの広大で無情な世界の中で
避難所を見つけることができないのでしょうか？
どうか考えてみてください、どんなひどい仕打ちが子供の何も厭《いと》わぬ心から
最初に愛を、次に人を敬う気持ちを消し去り、
愛をこのように恥辱と恐怖で征服してしまったのかを！　考えてみてください！
私は十分耐えてきました、私たちを地面に叩きつける
本当は尊敬すべき手にキスをし、受けた仕打ちが
父親の果たすべき折檻だと思っていました！
それを大目に見ては疑念も抱きました。でもその疑念がなくなったときには、

忍耐と愛と涙をもって父の気持ちを
和らげようと努力してきたのです。それが叶いそうにないときは
眠れぬ長い夜にずっと跪《ひざまず》き
万物の父である神様に向かって
熱心に祈りを捧げたのです。その祈りが届かなかったときでも
私は耐え続けました、——そして、貴族や親戚の方々と
ここでお会いしているわけです、兄たちの死によって開かれた
この恐ろしい宴会で。でも、まだ二人が残っているのです、
つまりあの方の妻と私のことですが、もし皆様が救ってくださらなければ
父親が子供らの墓の上で味わう享楽を
再び共にされる日がまもなくやって来るでしょう。
ああ！　コロンナ公爵[30]、あなたは私たちの近い親戚でいらっしゃいます、
枢機卿、あなたは教皇の侍従ですね、
カミッロ、あなたは裁判官の長でもあるのです、
私たちを連れ出してください！

チェンチ　〔ベアトリーチェが話し始めたときはカミッロと話していたが、

〔話の最後の部分を聞くと前に出る
ここにいるよき友人たちは
この狂った娘の話に耳を傾ける前に
自分の娘のことを心配なさるように——さもないと
自分の喉元を心配するようになるぞ。——

ベアトリーチェ　〔チェンチの言葉を気にせずに
誰も私をご覧になろうとしないのですか？
誰もお答えにならないのですか？　多くの善良で賢い人たちの分別が
たった一人の暴君に押し潰されてしまうのですか？
それとも、皆様が私の訴えに耳を傾けないのは
ちゃんとした法の形式に基づいていないからですか？
ああ、神様！　私も兄たちと一緒に墓の中に入れたら！
過ぎ去った春の花々が
私の墓の上で萎《しお》れてくれたらいいのに！　そして父が
この一回の宴で皆の死を祝ってくれたらいいのに！

カミッロ　とても若く心優しい方にしては苦々しい願いだ。

我々に打つ手はないのですか？――

コロンナ　　　　　　　　　　　思うに何もない。
チェンチ伯爵は危険な敵になるだろうからな。
だが、誰かの後ろ盾にはなってやれる。

ある枢機卿　　　　　　　　　私もだ。

チェンチ　無礼な娘め、自分の部屋に戻るんだ！

ベアトリーチェ　神を敬わぬ人、あなたこそ出ていくのです！　そう、
決して人目に付かない場所に隠れなさい！
拷問者であるあなたが名誉と従順さを
持てるでしょうか？　父よ、幻想は抱かぬように、
ここにいる人たちを抑えつけたとしてもです、
悪からはきっと悪が生まれるのです。――怖い顔でこちらを見ないで！
さあ、身を隠しなさい、復讐の表情をした兄たちの亡霊に
その椅子から追い払われることのないように！
生きている者すべての目からその顔を覆い隠し、
人の足音を聞いただけでも驚きなさい。

どこか暗く静かな場所を見つけ、そこで
お怒りになった神様の前でその白い頭《こうべ》を垂れるように、
そうすれば私たちはその周りで跪《ひざまず》き、
神様が私たちとあなたを憐れんでくださるよう熱心に祈りましょう。

チェンチ　友人の方々、嘆かわしいことだが
この正気を失った娘がお祝いの楽しい雰囲気を台無しにしてしまった。
おやすみ、ごきげんよう。これ以上
退屈な内輪の揉め事を見物されても困るからな。
また別の機会に。――

〔チェンチとベアトリーチェ以外、全員退場

頭がぐらぐらする、
ワインを持ってこい！

〔ベアトリーチェに

この派手に飾った毒蛇め！
お前はなんて獣《けだもの》だ！　かわいい顔をして忌々しい奴め！
ある魔法[31]がお前をおとなしく従順にさせることは知っているぞ、

さあ、視界から消えろ！

〔ベアトリーチェ退場

アンドレア、こっちだ、
このゴブレットをギリシアのワインで満たすんだ。
今夜はもう飲まないと言ったが、飲まずにはいられない。
妙な感じだが、やると決心したことを考えると
気持ちが萎《な》えていくのを感じる。――

〔ワインを飲んで

俺の血管を流れて、力溢《あふ》れる青春期にあった決断力となれ、
大人になって持つようになった厳格な意志となれ、
そして老年になって芽生えた頑固で、冷たく、狡猾な悪となれ。[32]
お前はまるで、俺が飲みたくてしょうがない
子供らの血のようだ！　あの魔法はうまく効くぞ。
あれをやらなくては。やってやる、誓って！

〔退場

第二幕

第一場　チェンチ宮の一室

ルクレツィアとベルナルド登場。

ルクレツィア　優しい我が子、泣かないで、あの方は私だけをぶったのよ
もっとひどい仕打ちに耐えてきたこの私を。事実、あの方が
私を殺していれば、そのほうが親切な行為となったでしょう。
ああ、全能なる神様、私たちをご覧ください、
私たちの友人はあなたしかいらっしゃらないのです！
泣かないでちょうだい、たとえあなたを我が子のように愛していても、
私は本当の母親ではないのよ。
ベルナルド　そんな、お母様は
どの子の母親よりもずっとずっと
本当の母親のような存在でした！　もしあの人が

僕の父親でなかったら、このように泣くと思いますか？

ルクレツィア　まあ！　かわいそうな子、泣くこと以外に何ができたというの？

ベアトリーチェ登場

ベアトリーチェ　〔慌てた口調で

あの人はここを通りましたか？　弟《ベルナルド》、あの人を見た？
あっ！　どうしよう、あれはあの人が階段を上がる音。
足音が近づいてくる。ドアノブに手が触れた。
お母様、私がこれまで従順な子でいましたら、
今、私をお守りください！　偉大なる神様、
この世で父親という存在はあなたの姿をしているのに、
本当に私を見捨てるのですか！　あの人が来たわ。
今、ドアが開いた。あの人の顔が見える。
他の人には顔をしかめるのに、私には微笑んでみせる、
ちょうど昨夜の宴会の後のように。

召使い登場

全能なる神様、あなたはなんと慈悲深いのでしょう！
オルシーノの召使いだったわ。――ええと、何か知らせでも？

召使い　ご主人様の言葉をお伝え申し上げます、教皇が
お嬢様の嘆願書[1]をこのように未開封のまま戻されたとのこと。

〔文書を渡す

また、今度どの時間に伺うのが安全か
尋ねておられました。

ルクレツィア　アヴェ・マリアを捧げるお時間[2]に。

〔召使い退場

さあ娘よ、私たちの最後の望みが絶たれてしまったわ。どうすればいいの！
顔がなんて真っ青なの。震えているわよ、
心を奪う恐ろしい瞑想に包まれているわ、
まるで、ある思いがあなたを強く支配しているように。
両目が冷たく輝いている。ああ、最愛の子！

正気を失ってしまったの？　そうでなければ私と話してちょうだい。
ベアトリーチェ　正気を失ってなんかいません。お母様と話しているのです。
ルクレツィア　あの恐ろしい宴の後にお父様がしたことを
話していたわね？　あの方が微笑んで「息子たちが死んだ！」と叫び、
皆が隣にいる人の顔色をうかがって
自分と同じく青ざめているかを確認する、
あれよりもひどいことなどあるのかしら？
あの方の最初の言葉で、私は血が心臓へと
なだれ込むのを感じ、気を失って倒れてしまったわ。
意識が戻っても、弱々しく取り乱しながら座っていただけ。
でもそのとき、あなたは一人で立ち上がり、強い言葉をもって
あの方の自然に反した自惚れを非難したのよ。すると分かったわ
彼の中に棲《す》んでいる悪魔が責め立てられているのが。
あなたは今まで、まるで守護者のように、
私たちと不機嫌な父親の怒りとの間に
いつもあのように立っていてくれた。あなたの揺るぎない心は

私たちにとってたった一つの避難所、そして砦《とりで》だったのよ。
その心を、何がこんなにも抑え込んでいるの？
普通じゃない恐怖を味わった後に、何が原因で
そんなに冷たく物憂げな表情をしているの？

ベアトリーチェ　何の話です？　考えていただけです、
もうこれ以上、争わないほうがいいと。
人間は、父のように闇の心を持ち、血生臭さを好んできたのです、
でも、これまでは決して――ああ！　もっと悪いことが起こる前に
死んだほうが賢明かもしれません。結局、この状態は死によって終わるのですから。

ルクレツィア　まあ、愛しい子、そんなことは言わないで！　早く教えてちょうだい
お父様はあなたに何を言って、何をしたというの？
あの呪われた宴の後、あの方はあなたの部屋に少しの間も
いなかったはず。――話してちょうだい。

ベルナルド　ああ、どうかお姉様、お願いです、二人に話してください！

ベアトリーチェ　〔無理に落ち着かせながら非常にゆっくりと話す
一言でした、お母様、たった一言です。

一瞥《いちべつ》して、一度微笑んだ。

（取り乱して
ああ！　あの人はこれまで
私を足で踏みつけてきました、その度にこの青白い頬から
血が流れ落ちたのです。あの人は私たち皆に
排水溝を流れる水や熱病に冒された水牛の肉を与え、
それを口にするように、でなければ飢え死にするように言いました、
そして私たちはそれらを口にしてきたのです。――あの人は私に
この愛するベルナルドを見ろと言いました、この子のかわいい手足が
重い鎖の錆《さび》のせいで壊疽《えそ》にかかったときにです、
それでも私は絶望しませんでした――でも今は！
何を言ったらいいの？

（正気に戻る
ああ！　いいえ、新しいことは何もありません。
気が変になったのは、私たちが共にしている苦難のせいです。
あの人が通りがかりに私を殴って罵っただけです。

言葉を発して、見て、行動に及んだだけ。——いつもと
何ら変わりありません。でも、それが原因で気がおかしくなったのです。
なんということでしょう！　自分の義務を忘れていました、
二人のために正気を保つようにします。

ルクレツィア　そんなことよりベアトリーチェ、愛する我が子、勇気を持つのよ。
もし絶望する人がいるとすれば、それはきっと私、
かつてはあの方を愛し、今では一緒に生活を送らなくてはならない、
神の憐れみによって二人のどちらかが天に召されるまでは。
あなたはお姉さんのように[3]夫を見つけるかもしれないし、
何年かすれば、その膝元を囲む子供たちと一緒に笑っているかもしれないのよ。
そのころには私は死んでいるでしょうし、この世の忌まわしい混乱はすべて
ただ夢のように思い出されるだけ[4]。

ベアトリーチェ　愛する女性《おかた》、夫の話など持ち出さないでください。
実の母が亡くなったとき、面倒を見てくれましたよね？
私とこの愛する少年を守ってくれましたよね？
小さかったころ、優しい言葉と眼差しで

私たちを殺さぬよう父を説き伏せてくれた、
そんな友人がお母様以外にいたでしょうか？
今、お母様を見捨てることなどできるでしょうか？
もし、実の母よりも多くの愛情をもって
亡くなった母の代わりをしてくれた女性を見捨てたならば、
母の亡霊が私の魂を責め立てますように！

ベルナルド　僕もお姉様と同じ気持ちです。絶対に
お母様をこんな惨めな場所においていて出ていきません、
たとえ教皇が、僕と同じ年の子と同じように、
遊ぶ物やおいしい食べ物やきれいな空気のある楽しいところで
自由に生活させてくれたとしても。
ああ、お母様、僕がお母様から離れるなんて絶対に考えないでください！

ルクレツィア　本当に愛しい私の子供たち！

　　突然チェンチが登場

チェンチ
なんと、ベアトリーチェはここか！
こっちへ来るんだ！
〔ベアトリーチェ、後ずさりして顔を隠す
駄目だ、顔を隠すんじゃない、きれいな顔をしているだろ。
こっちを見ろ！　なぜだ、昨夜は
反抗的で生意気な目つきでこっちを見て、
俺の思惑にこわばった表情や
詮索するような表情を浮かべていただろ。俺はあのとき隠そうとした
お前のところに来て言おうとしたことを――だが無駄だったな。
〔取り乱し、ドアのほうによろめいて

ベアトリーチェ
ああ、地面が口を開けますように！　ああ神様、私を隠してください！

チェンチ　あのときの俺がそうだった、
口から意味不明な言葉をこぼし
よろめいてお前から逃げ去ったのは、今のお前みたいにな。
いいか、お前に命令だ――今日のこの時間から
二度とするんじゃないぞ、そう、恐れを知らない目に、

動じない顔つき、色一つ変えない頬、
そして優しさか軽蔑しか出てこない唇、
どんなに卑しい人間にも、こんなものを使って黙らせるんじゃないぞ、
少なくとも俺だけにはするな。さあ、部屋に戻れ！

〔ベルナルドに

お前もだ、呪われた母親の忌まわしい生き写しめ、
お前のその軟弱で意気地のない顔にはむかむかする！

〔ベアトリーチェとベルナルド退場

〔傍白

俺が大胆になり、あいつが怖気づく
お膳立てが十分に整ったぞ。――ぞくぞくする
今、心の中にある悪行に手を染めるのは。
こうやって、人間は露で濡れた土手に震えながら座り、
凍えるような川の流れに足を入れようとするのだ。一度入ったら――
浮かれた心がどれほど歓喜であえぐことか！

〔恐る恐るチェンチのほうへと進み出て

ルクレツィア

夫《あなた》、お願いです！　かわいそうなベアトリーチェを許してあげてください、
あの子には何の悪気もなかったのです。

チェンチ

　　　　　　　　　　ではお前もだろうな？
あの悪餓鬼もか？　お前がアルファベットを教えたときに
オヤゴロシという単語を暗記させたあいつだ。ジャコモもそうか？
あの甚だしく自然に反した息子二人もそうか[5]？
教皇を巻き込んで俺への敵意を募らせおって。
慈悲深い神が一夜[6]にして奴らを消し去ってしまったがな。
汚れのない子羊どもめ！　奴らには悪事を考える頭などなかったのだ。
お前もここで何か企んでいたんじゃないだろうな？　何か言っていなかったか
どうすれば俺が狂人扱いになって牢屋の中に閉じ込められるか、
どうすれば俺がある罪状で死刑を宣告されるか、
そしてお前がその証人になったりするのだろう？――それが駄目なら、
刺客を雇ったほうがいいか、いや
晩に飲むワインの中に効き目の速い毒を盛ったほうがいいか[7]？
それとも酔いつぶれた俺の首を絞めて殺したほうがいいか？

もし神以外に審判を下す者がいないと分かれば、
神が俺に刑を言い渡したことにして、
天に記された神の意志を執行するのは
自分たち以外にいないと考えていたのだろう？
なんてことだ！　このようなことを言っていなかっただろうな？
ルクレツィア　神様、お助けください、
あなたが疑っているようなことは一度も考えたことがありません！
チェンチ　もう一度そんな汚い嘘をつこうとしたら
殺してやる。なんと！　お前の指示ではなかったのか
昨晩ベアトリーチェが宴を台無しにしたのは？
お前が望んでいたのは、俺の敵どもに刃向かうよう扇動し、
ここから逃亡して、今、全神経を震え上がらせている存在を
後で物笑いの種にすることではなかったのか？
お前は奴らの勇敢さを過大評価していたようだが、
墓場へ送ろうとする俺の前に立ちはだかった者はいなかったぞ。
ルクレツィア　そんな恐ろしい顔で見ないでください！　神の救済にかけて言いますが、

ベアトリーチェが企てていたことなど何も知りませんし、
兄たちの死についてあなたが話すまで
あの子が何かを企てていたとは思えません。
チェンチ　罰当たりな嘘つきめ！　その嘘で呪われるがいい！
しかしだ、お前を連れていってやろう、
踏んでいる敷石に救けを求めたくなるような場所に。
というのも、そこには何でも恐れずにやってしまう奴らしか
いないからな——俺の命令したことに疑念など抱かずに。
来週の水曜日には出発する予定だ。分かっているだろ
あの荒涼とした城塞、ペトレッラ城[8]へだ、
安全な城壁があり、堀に囲まれている場所だ。
あそこにある地下牢や頑丈な砦《とりで》は
これまで何も語ったことがない、たとえ沈黙する事物が声を出すほどのことを
見聞きしてきたとしてもだ。——何をぐずぐずしている？
大急ぎで出発の準備をするんだ！
〔ルクレツィア退場

すべてを見抜く太陽がまだ輝いている、通りからは
やけに賑やかな群衆どもの声が聞こえる、
窓ガラスの向こうには光り輝く空が見える。
今日はギラギラと辺り一面が輝き、詮索したがるような日だな、
騒々しく、光り輝き、疑念が湧いている、至るところに目や耳だ、
そして、どんな小さな角や隅や穴にも
無礼な光[9]が入り込んでくる。
闇よ、やって来い[10]！　だが、俺にとって昼間の光とは何なのか？
俺は何のために夜を欲しているのか、
昼も夜もかき乱すような行為をするこの俺が？
人を迷わす恐怖の霧の中を手探りするのは
あいつのほうだ。天に太陽があったとしても
あいつにその光を見ることはできないだろう、
温かさを感じることも。ならば、あいつに夜を欲しがらせよう。
まもなく、あの行為が俺のためにすべてを消し去るだろう。
この世界が落とす影[11]よりも、月が籠《こも》っている空[12]よりも、

そして星の群れをかき消すどす黒い雲よりも、
俺はもっと暗く死のような闇を受け入れることができる、
その中を安全に、誰にも見られず、歩いていくのだ
俺の目的に向かって。——あれをやってしまいたいものだ[13]！

〔退場

第二場　ヴァティカン宮殿の一室

カミッロとジャコモ、会話をしながら登場。

カミッロ　時代遅れで不明瞭な法律のおかげで
わずかですが食べ物や衣類といった物資が
得られるかもしれません——

ジャコモ　それで終わりですか？　なんてことだ！
物資はわずかに違いありません
厳しい法律が与え、不機嫌で年老いた強欲が支払うものだったら。

父はなぜ、何か手に職をつけさせるために
私を徒弟にやらなかったのでしょうか？　そうすればきっと
日々の労苦ではどうにもならない
名門の必要事など教育されずに済んだのに。
裕福な貴族の長男とは
無能さだけを受け継ぐもの、
財産もなければ、活力もありません。カミッロ枢機卿、
厳選された綿毛のベッド、おいしい食べ物、
百人の召使い、そして六つの屋敷、
これらのものが必要最低限のものへと
一度に減らされたらどう思われますか？——

カミッロ　いや、あなたがそう訴えるのはもっともなことです、大変なことだ。

ジャコモ　意志の強い方でも我慢するのは大変です。でも私には
愛する妻がおります、高貴な生まれの女性ですが、
不運にも彼女の結婚持参金を父に貸してしまったのです、
借用書も証人もなしにです。

私の子供たちは、妻の繊細な感覚を受け継いでいて、
この息づく世界で最も素晴らしい者たちです、
そんな妻と子供たちは私を責めておりません。枢機卿、
教皇が介入して法を超えた権威を
振るうことは考えられませんか？
カミッロ　あなたの特別な境遇は大変なことではありますが、私の理解では
教皇が法の道から逸れるようなことはないでしょう。
あの神を冒涜した宴会の後、ある夜に
教皇とお話をして、あなたのお父様の残酷な行為を阻止されるよう
説得をしたのです。ところが教皇は顔をしかめられ、このようにおっしゃいました、
「子供というものは従順さに欠けている、
父親の心を苦しめて狂気と絶望へと追い込み
長年の世話を無礼な態度で報いるのだから。
チェンチ伯爵には心から同情する、
恐らく、彼の愛情が侮辱されたために憎悪が生まれたのだろう、
そしてあのような邪悪な人間へと変わってしまったのだ。

老人と若者の絶えることのない争いにおいて
余は白髪《はくはつ》とよろめく体を持つ身ゆえ、
非難されぬよう中立を保つに止《とど》めよう」と。

オルシーノ登場

よき友人のオルシーノ、私の話が聞こえていましたね。

オルシーノ　どんな話です？

ジャコモ　もう繰り返すのはやめてください！
こうなったらもう私に救済はありません、少なくとも
自分自身で成し遂げる以外は、
崖っぷちに追い込まれているのですから。——でも、どうなんです、
罪のない妹と一人になってしまった男兄弟が
父の監視のもとで死にかけているのです。
この国の記憶に残る拷問者といえば、
ガレアッツォ・ヴィスコンティ、ボルジア、エッツェリーノ[14]がいますが、

どんなに卑しい家来に対しても、あの子たちが耐えているようなことを
することはありませんでした。彼女らに守る術《すべ》はないのでしょうか？

カミッロ　なぜです、もしあの方たちが教皇に嘆願するのであれば、
教皇がそれを拒絶する理由が分かりません――しかし、
教皇はそれが父権を弱めてしまう
最も危険な事例になるとお考えです、
父権はいわば、教皇ご自分の影でもありますので。
申し訳ありませんが、この辺で失礼します。猶予が許されない仕事が
ありますので。

〔カミッロ退場〕

ジャコモ　しかしオルシーノ、
あなたは嘆願書をお持ちです。どうして提出してくれないのですか？

オルシーノ　提出はしました、何度も熱心に懇願し、
説得力のある言葉で後押ししたのです。
ところが、何の返答もなく戻されてしまいました。疑いもなく
嘆願書に書かれている途方もない忌まわしい

所業のせいで——事実、その所業がいかなる信念をも混乱させてしまうのは
当然のことでした——教皇は不快な思いを
それを犯した者ではなく、それを訴えた者たちに抱かれたのです。
それはカミッロが話していたことからも推測できます。
ジャコモ　我が友人よ、金《かね》という屋敷を歩く悪魔が
聖下に沈黙するよう囁《ささや》いたのです。
そして私たちは取り残されました、まるで炎に囲まれた蠍《さそり》のように、
自分自身を傷つける以外に何ができるでしょうか[15]？
なぜなら、殺人も厭《いと》わずに私たちを迫害する人物は
父親という神聖な名前によって守られているのですから、
そうでなければ私は——
〔突然話すのをやめる
オルシーノ　何です？　恐れずに思ったことを話してください。
言葉とは、行為を覆い隠しているときだけが神聖なのです。
自分が仕えている神を否定する聖職者、
自らの判決で真実を泣かせてしまう裁判官、

今の私のように相談に乗っておいて
身勝手な策略のマントを編み上げる友人、
暴君のようにしか思えない父親、
これらは自分の神聖な呼び名を汚している者たちなのです。

ジャコモ　今何を考えているのか聞かないでください。気の進まない頭は
思ってもみないことを想像するものです。それに私たちは
口が言葉で表そうとしてもできない空想を
想像力に委ねているのです、
空想は言葉を持たないどころか、そこにある恐怖で
心の目でも暗くて見ることができません。——私の心は
あなたが要求することを描けません。

オルシーノ　しかし、友人の胸中とは
二人の気持ちだけが入れる奥深い洞窟のようなものです、
そこでは一面に広がる太陽の眼差しや
何でも伝えてしまう空気を締め出した状態でいられるのです。
私の思っていることがその表情に出ていますよ——

ジャコモ　もうやめてください！
私はまるで、真夜中の森で迷った人のようです、
無害な通行人に対しても
荒れ地を通り抜ける道を尋ねる勇気がありません、怖いのです
その通行人が今の私の気持ちと同じく——人殺しなのではないかと。
あなたが私の友人であることは分かっていますし、自分の魂に
語りかけてきたことをすべて、あなたに打ち明けるつもりです。
でも今は心が重く、たった一人で
憂いで眠れぬ夜から助言を求めることでしょう。
すみません、そろそろ失礼しなくては——さようなら！
疑わしき自分自身に対して
安らぎに満ちた言葉をかけられればよいのですが。

オルシーノ　さようなら！——気持ちをもっと前向きに、強くお持ちなさい。

〔ジャコモ退場

カミッロ枢機卿には、心ない冷たい激励で
奴の望みを生かしておくよう仕向けておいた。

運よく俺の陰謀を後押ししてくれたぞ、
自分自身や相手の気持ちを細かく調べるのが
この家族の習慣だからな。
このような自己を解剖する行為は、人の意志に危険な秘密を
教え込むだろう。というのも、この行為は
どんな考えを持つべきか、どんな行動があり得るのかを知らしめ、
我々の力を邪悪な目的がある深淵へと誘《いざな》うからだ。
このようにしてチェンチは落とし穴へと落ちたのだ。この俺でさえも、
ベアトリーチェのせいで本性は丸裸にされ
避けては通れない行為の前で後ずさりしてしまう、
この体《てい》たらくでは判断力もあったものじゃない、
しかもこんな状態に半分甘んじてしまっている。できるだけ
他人に危害を与えずに行動するとしよう、この考えによって
良心という告発人を買収できるだろう。

（間をおいて

さて、仮にチェンチが殺害されたら

どんな危害が及ぶだろうか？――だが、殺害されたとしても、
俺の仕業になる理由などあるだろうか？　行為に及んだときに
利益を得て、なおかつ罪や危険を避けることが
できたらどうだ？　この世のすべてにおいて
言葉よりも手が先に出る人間が怖い。
チェンチがまさにそれだ。チェンチが生きている間は
一人の聖職者が奴の娘を勝ち取ったとしても
結婚持参金は墓の中に隠れているも同然だ。――ああ、美しいベアトリーチェ！
お前を愛していなければよかった、でなければお前を愛することで
危険や金、そして俺の望みを笑ったり
その望みが叶うことに顔をしかめる奴らを全員
見下すことができればいいのだが！　もう逃げ場はない……
祭壇で彼女の輝く姿が俺の隣で跪《ひざまず》き
群衆の前を俺に付き添って歩いていく、
そして眠りを心かき乱す夢で満たし
目を覚ますと血は液体の炎と化している、

ぐらぐらする汗まみれの頭を叩くものなら
手のひらの熱さで頭が焦げてしまうだろう。彼女の名前でさえも
誰か知らない奴が口にしただけで、俺の心臓は
おかしくなって動悸が止まらなくなる。このように何の甲斐もなく
実態のない喜びの幻影を俺はつかみ、
ついには弱り果てた想像力が半ば
自ら作り上げた影を持つ始末だ。だが、これ以上
熱病じみた時間が過ぎるこの生活に構ってはいられない。
明るみになったジャコモの望みを利用して
俺自身の大事な目的を成し遂げなければ。
俺には、塔の上から眺めるように、すべての結末が見える。
彼女の父親は死に、兄は闇に潜む秘密によって
俺に拘束される、それも墓場まで持っていく秘密よりも確実なやつだ。
母親はといえば、願いが恐ろしい方法で果たされ
恐れ戦《おのの》き、不満を抱かない。
そして彼女は！――弱り果てた心よ、もう一度勇気を持つのだ。

友人のいない少女がお前に敵対し、何が言えるというのだ？
俺には成功を保証する先見の明があるじゃないか。
恐ろしい出来事が近づくと、
目に見えぬ神々しい力が人の心をかき立て
腹黒いことを思いつかせる。そして栄華を極める者とは、
悪の道具となってしまう人間ではなく、
邪悪な魂を煽《おだ》てることができる人間だ、邪悪な魂は
他人の心から自らの帝国と餌食を作り出し、
最後は煽てた人間の奴隷となってしまうのだ……俺がその人間になってやる。

〔退場

第三幕

第一場　チェンチ宮の一室

ルクレツィアがいるところにベアトリーチェ登場。

ベアトリーチェ　〔よろめきながら登場し[1]、取り乱した状態で話す〕
そのハンカチを取ってください！——頭に傷を負いました。
両目とも血でいっぱいです。ちょっと拭っていただけますか……
視界がぼんやりするので……

ルクレツィア　愛しい我が子、
傷なんてないわ、ただ冷たそうな汗が
その愛らしい額から出ているだけ……まあ！　大変！
何があったというの？

ベアトリーチェ　なぜ結んだ髪がほどけているのかしら？
目が見えないのは、きっと揺れ動く髪のせいだわ、ちゃんと結んだのに、――ああ、恐ろしい！
足の下で地面が沈んでいく！　壁が
ぐるぐる回っている！　そこに見えるのは泣いている女性、
動かないで静かに立っているわ、なのに私は
この世界が回り、目がくらんで滑り落ちていく……神様！
美しい青空が血でまだらになっている！
床に反射する太陽の光が黒ずんでいるわ！　空気が
蒸気へと変わってしまい、まるで墓穴で死者がしている
呼吸のよう！　はっ！　息が苦しい！　私の周りで
べっとりと、黒く、汚れた霧が
這《は》っている[2]……形を帯びて、ずっしりと、濃く、
自分から取り除くことができない、このように
指や手足の間にくっついてしまって、
体中を蝕み、肉体が溶けて
汚い物になっていく、毒されていくわ
繊細で、純粋で、最も奥にある命に宿った魂が！

神様！　私はこれまで狂気に陥った者の気持ちが
分かりませんでした、明らかに私は狂気の状態です！
〔もっと取り乱して
いえ、私はもう死んでいるんだわ！　この腐った手足が
漂う空気へ飛び出そうとあえぐ魂を
墓の中に閉じ込めているの[3]！
〔少しの間
どんな恐ろしい考えを今の今まで抱いていたのかしら？
考えは去ってしまった、でもその重荷がまだ残っている
この鈍くなった目の上に……そしてこの疲れきった心の上にも！
ああ、世界よ！　ああ、人生よ！　ああ、日の光よ！　ああ、惨めさよ！

ルクレツィア　かわいそうな子、何があなたを苦しめているの？　答えてくれないわ。
この子の心は苦しいという感覚が分かっている、
でも、その原因が分かっていない。苦しみが
自分の湧き出た源を干からびさせてしまったのね……

ベアトリーチェ　〔逆上して

まるで親殺しね……
惨めさが自分の父親を殺してしまったの。でもそれは
決して私の父親のように……ああ、神様！　私は何なのでしょうか？

ルクレツィア　最愛の子、父親はあなたに何をしたの？　〔疑い深い様子で

ベアトリーチェ
尋ねているあなたは誰？　私に父親はいません。　〔傍白
この人は私の面倒を見ている精神病院の看護師ね、
気の毒なお仕事だわ。
〔ルクレツィアにゆっくりとした感情を抑える声で
ご存知ですか
人々が不幸なベアトリーチェと呼んでいる少女を、
私は自分をその子だと思っていました。その子は父親に絡まった髪をつかまれ
部屋から部屋へと引きずり回されるのです、
また、鱗のある爬虫類が這《は》っているじめじめした部屋に
裸のまま閉じ込められ、そこで不自然な肉[4]を

食べたくなるまで空腹の状態にさせられるのです。この痛ましい物語を
病的な夢の中で大げさに演じていたのかしら、
そして想像したのは……いえ、そんなはずはないわ！
これまで恐ろしいことがいくつもありました、この途方もない世界
つまり善と悪の異常な混合と
奇妙な混沌の中で。そして、それらを行う心が存在して以来
ますます恐ろしいことが想像されていったのです。
でも、一度も想像されることはありませんでした
あのような……

〔しばらくの間、突然思い出したように

あなたは誰ですか？　誓ってください、私が
恐ろしい不安を抱いて死ぬ前に、本当は
あなたが見かけとは別の人だということを……お母様！

ルクレツィア

ああ！
愛しい我が子、あなたは知っているの……

ベアトリーチェ

言わないでください。

もしこれが真実なら、あれもまたきっと
真実なのですから、ずっと揺らぐことのない真実、
それは人生の中で続いていく環境と結びついて、
決して変わることも、決して消え去ることもありません。
だってそうではありませんか。ここはチェンチ家の屋敷、
あなたはルクレツィア、私はベアトリーチェ。
無茶苦茶なことを言ってきましたが、もう大丈夫です。
お母様、近くに来てください。この時間から、
私は……　〔声が弱々しく途切れる

ルクレツィア　どうしましょう！　さあ、あなたに何が降りかかったというの？
お父様は何をしたの？

ベアトリーチェ　私が何をしたかですって？
私は潔白ではないのですか？　これも私の罪なのですか、
白髪《はくはつ》で横暴な顔つきをした人間が
親だけがあえてするような拷問を

忘れ去った昔から私に与えて、自らを私の父と呼び、
それが本当だったとしたら！――ああ、私は何なのでしょう？
どんな名前、どんな場所、どんな記憶が私にあるというのですか？
絶望さえも通り越して、何が回想できるというのですか？

ルクレツィア　そうね、たしかに、あの方は手に負えない暴君よ。
分かっているのは、死だけが私たちを自由にできるということ。
あの方が死ぬか、私たちが死ぬか。そんなことより
どんな恐ろしい暴力、どんなひどい仕打ちをあの方はしたの？
今日のあなたはいつもとは違う。その目は
さまよう不思議な心を外に放っているわ。私に話してちょうだい、
互いの指を絡ませているその青白い手を
離すのよ。

ベアトリーチェ　この手の中で苦しんでいるのは
休息のない人生。話そうとすると
気がおかしくなってしまいます。そう、何かやらなくては、
でも、それが何なのか分からない[5]……私がされたことを

復讐の恐ろしい稲妻によって
単なる影へと変えてしまう何か、
手短で、素早く、覆すこともできず、
稲妻では解決できない結末をも破壊してしまうほどに。
このような何かを、耐え忍んで成し遂げなければ。
それが何か分かったとき、私は静かで穏やかな状態になり
どんなことがあっても決して動じることはないでしょう。
でも今は！――ああ、血よ、お前は私の父親の血であり、
この汚れた血管を流れている、
お前がこの汚染された大地に流れ落ち、
私を苦しめた罪や罰を洗い流すことが
できるのなら……いや、そんなことはあり得ない！
多くの人々が、悪事を見て見ぬふりをする神が
天にいるとは思わず、そのまま世を去っていくのでしょう。
私の中でこの信念は、どんな苦しみがあってもかき消されることはない。

ルクレツィア　きっとむごい仕打ちがあったに違いないわ。

でも、それが何か推測できない。さあ、哀れな我が子よ、
私を嘲って見抜かせようとしない悲しみで
この不安からあなたの苦しみを隠さないで。

ベアトリーチェ
隠してなんかいません。
私に語らせたい言葉とはどんなものですか？
私は、自分を変えてしまったものを
心の中に描くことができません。私って、心がまるで
形のない自らの恐怖に覆われている
亡霊のよう。日常会話で
使われている言葉の中から
何を聞きたいというのですか？　そこに私の惨めさを伝えるものは
何もありません。もし他の女性が同じ惨めさを
知っていたら、私がこれから死ぬように死んでしまい、
私がきっとするように、その惨めさに呼び名を与えないことでしょう。
死よ！　死よ！　私たちの法律と宗教は、それぞれあなたを
罰、そして応報と呼んでいる……ああ、私はどちらに

相応しいというの？

ルクレツィア　潔白という平安です、
あなたが天に召されるに相応しいときが来るまで。
たとえどんな苦しみを受けたとしても、あなた自身
何も悪いことはしていないわ。死はきっと
罪に対する罰であり、永遠へとつながる道に
神様が撒いた茨を踏んだことへの
応報に違いないわ。

ベアトリーチェ　そう、死は……
罪に対する罰。神様、お願いです、
私が判断するときに悩ませるようなことはしないでください。
もし私が一日一日人生を送り、この手足が
聖霊が宿るに値しない神殿となり続け、[6]
汚れた巣穴になってしまったら、そこからあなたの忌み嫌う者が
あなたを侮辱するのです、復讐もされずに……そんなことがあってはなりません！
自殺……いえ、たぶんそれは逃れたことにはなりません、

あなたの掟が大きな口を開けているのですから、意志とその行為との間にある
地獄のように。——ああ！　この死すべき世界には
私を苦しめているものに対して
判決を下し、刑を執行するような
弁護や法律は存在しないのです。

オルシーノ登場

〔厳粛な態度で彼に近づき

友よ、よく来てくれたわ！
言わなければならないことがあるの、私たちが最後に会った後
途方もない仕打ちを受けてしまい、
生も死も私に休息を与えることができなくなってしまったの。
それが何なのかは聞かないでちょうだい、なぜってあの行為は
形を持たず、その苦しみは語る口を持たないのだから。

オルシーノ　そしてあなたをそのように傷つけた男は何者です？

ベアトリーチェ　人が私の父と呼ぶ男よ。恐ろしい呼び名だわ。
オルシーノ　そんなはずは……
ベアトリーチェ　　　　そんなはずがあってもなくても
想像は控えてちょうだい。そう、そうだったの。
どうすれば二度とそうならないか教えてくれるかしら。
死のうと考えたけれど、信仰心から来る畏怖の念から
思い止《とど》まったのよ、そして死ぬだけでは
まだ償われていないことから
気持ちを断ち切れないと思ったから。さあ、何か言って！
オルシーノ　そのかどで彼を訴え、あなたがされたことへの復讐は
法に委ねることにいたしましょう。
ベアトリーチェ　　　　まあ、心の冷たい相談相手ね！
私を破壊した者の罪を知らしめる言葉を
見つけられたら、もしそれができれば
この口がナイフのように心の芯を蝕む秘密を
切って出すことができるのに。そう、すべてが暴露され、

汚れていなかった私の評判は
不快極まりない噂で語り草へと変わってしまうのよ、
物笑いの種、嘲りの的、驚きの代物。[7] ——
決してそうはならないでしょうけど、もしそうなるのなら
考えてみてちょうだい、犯罪者の持つ金と、恐ろしい憎しみ、
そして告発者の話が生み出す途方もない恐怖、
それは信念を揺り動かし、話すという行為をも圧倒してしまう、
囁《ささや》くことすら困難で、想像もつかず、ぞっとするような遠回しの言葉に
包まれている……ああ、これこそ最も確実な償いとなるはずなのに！

オルシーノ　では、それを我慢するのですか？

ベアトリーチェ　　　我慢するですって？——オルシーノ、
あなたの助言はあまり役に立たないようね。
〔オルシーノに背を向けて、半ば自分自身に語るように
そう、
すべてを一瞬で解決させ、終わらせなければ。
いくつもの考えが区別のつかない霧となっているこの状態は

何なのかしら？　次から次へと影のように湧き上がっては、
互いをぼんやりとさせてしまうわ。

オルシーノ　あの罪人《ざいにん》を生かしておいてもよいのですか？
悪行によって凱歌を揚げさせてもよいのですか？　彼の罪が、
中身が何であれ疑いもなく恐ろしい罪が、常習化して
あなた自身の性質になってしまい、ついには
自分をまったく失って、受け入れたものの色に
染まってしまう、[8]それでもよいのですか？

ベアトリーチェ　〔自分自身に
強大な死よ！
あなたは二つの顔を持つ影[9]！　唯一の裁判官！
最も正しき決定者！
〔ベアトリーチェ、思いに耽りながら後ろに下がる

ルクレツィア　もし神の電光が落ちて
復讐を遂げられたら……

オルシーノ　冒涜はいけません！　崇高な神の摂理は

その栄光を大地に委ねられ、人間の悪行を
人間たちの手に委ねられたのです。もし人間たちが罪を罰することを
怠ってしまったら……

ルクレツィア　一方で、あの悪人のように
金、信念、法律、権力を使って罰など物ともしない人間がいたら？
最も罪深い人間を震え上がらせる場所に
何の訴えもできないとすれば？　できない理由が、私たちの受けた仕打ちが
自然に反する、異常で、恐ろしいものであるために
誰も信じることができないからだとすれば？　ああ、神様！
償いが早く確実に行われる理由があるのに、
まさにその理由のせいであの迫害者が凱歌を揚げていたら？
私たち犠牲者が、あの拷問者が受ける罰よりも
もっとひどい罰に耐えることになってしまったら？

オルシーノ　考えてはなりません
悪行があるところに償いが存在するということ以外は、
償いが為されるよう我々は勇敢になるのです。

ルクレツィア　どうやって？
万事うまくいく方法があるかどうか
私には分かりません……でも、恐らく
よい方法は……

オルシーノ　なぜです、あの男がベアトリーチェに最後に働いた暴力、
それは、おぼろげな推測ですが、
同情されることを不名誉とし、彼女にたった一つの務めを
残したのです、つまりどうやって復讐するかを。
あなたには、ずっと耐えた不幸から逃れるたった一つの避難所を、
私には、たった一つの行動計画を残したのです……

ルクレツィア　私たちには望めません
援助や、報復や、救いの手立てが
生じるなんて、あまり必要としなくても
これらを見つけ出せるようなところからは。

〔ベアトリーチェ、前に出る

オルシーノ　それでは……

ベアトリーチェ　　　オルシーノ、静かに！
そして尊敬する女性《おかた》も、私が話します。お願いですから
着古した服のように捨て去ってください
忍耐と敬意、憐れみと恐怖、
そして日常に相応しいすべての自制心を、
これらは子供のときから抱いていた気持ちです、でも今は
私の神聖な訴えにとって詭弁でしかありません。
言いましたように、私はある仕打ちに耐えました、
それは、たとえ表現できなくても、贖《あがな》いを
必要とするものです、過ぎ去った過去のためにも、
そしてこれからの日々において、重荷で苦しむ魂に
犯罪が積まれることのないように、
そして私が……あなた方が夢にも思わない存在とならないよう。私は神様に
祈りを捧げ、自分自身の心と話し合い、
絡まった自分の思いを解きほぐして、
ついに何が正しいのかを決定したのです。

オルシーノ、あなたは私の友人でしょ？　どうなの、それとも間違い？
話す前に救ってくれると誓ってちょうだい。

オルシーノ　誓います
私の巧妙さ、強さ、
沈黙、そして他のものすべてを捧げることを、
あなたの思いのままに。

ルクレツィア　あの人の死を
企てたほうがよいと考えているの？

ベアトリーチェ　企てたことを実行するのです、
それもすぐに。手短に、そして大胆にやらないと。

オルシーノ　でも、細心の注意を払って。

ルクレツィア　嫉妬深い法律が
自分に成り代わって罰したかどで
私たちを死と不名誉で罰するでしょうから。

ベアトリーチェ　どんなに慎重になっても、即座にやりましょう。オルシーノ、
何か方法はあるの？

オルシーノ　冷酷で気性の荒いならず者を二人知っています、
そいつらは人の魂を虫けらのと同じように考え、ちょっとした出来心で
卑しい身分だろうが、高貴な身分だろうが
人の命を踏み潰してしまいます。このような気質が
ここローマでは商売になるのです。今私たちが望んでいることを
奴らは商売としてやってくれるでしょう。
ルクレツィア　明日の夜明け前に
チェンチは私たちを寂しい岩山に連れていこうとしているわ、
アプリア地方の山中にあるペトレッラ城[10]よ。
もしあの人がそこに到着してしまったら……
ベアトリーチェ　決して到着させてはなりません。
オルシーノ　その城塞に着く前に日は暮れていますか？
ルクレツィア　まだ暮れていないのでは。
ベアトリーチェ　でもたしか
あの砦《とりで》の二マイル前のところで
深い峡谷の中を道が横切っています。でこぼこした狭い道で、

小さく曲がりくねりながら絶壁を下っていきます。
峡谷の奥深くには巨大な岩が存在し、
想像の及ばないはるか昔から
恐怖と労苦を伴って、谷底の上で
自らを支え続けています。しがみついている
その苦悶の様は、ゆっくりと下に落ちてきているようにも見えます、
まるで哀れな魂が、何時間にもわたって
命ある肉体にしがみついているみたいに。しがみつきながらも、のしかかり、
のしかかりながら、落ちたくない恐怖の深淵を
さらに暗いものにしています。この絶望を感じさせるほど巨大な
岩の下では、あたかも疲れ果てた様子で
憂鬱そうな山があくびをしていて[11]……下からは
洞窟の中を激流が荒れ狂っているのが聞こえますが、
見ることはできません、その深い裂け目に
橋が架かっているのです。そのはるか上には
ごつごつした岩から岩へと、幹を交差させながら

杉、イチイ、松といった木々が生い茂り、そのもつれた髪の毛のような葉には
黒ずんだ蔦《つた》の糸が絡み合い、
光を遮る頑丈な屋根を作っています。昼間でもそこは
薄明りの世界、夕暮れどきには暗黒の夜となります。

オルシーノ　その橋に差しかかる前に何か言い訳を考えて
騾馬《らば》に拍車をかけてください、そうでなければ時間をかけて
それから……

ベアトリーチェ　あの音は何？

ルクレツィア　聞いて！　どうしましょう、あれは召使いの足音じゃないわ。
チェンチに違いない、不意に
帰ってきてしまったわ……ここにいる言い訳を何か考えるのよ。

ベアトリーチェ　〔立ち去ろうとしながらオルシーノに
ここに近づいてくるあの足に
今話していた橋を決して通過させてはならないわ。

〔ルクレツィアとベアトリーチェ退場

オルシーノ　どうしよう？

きっとチェンチに見つかってしまう、なぜ俺がここにいるのか
横柄な顔つきで尋ねてきたら
どうにかして凌がなければ。こっちのほうは
虚《うつ》ろでぼうっとした微笑の仮面を付けるとしよう。

ジャコモ、急いだ様子で登場

なんと！　危険を冒してここへとやって来たのですか？　チェンチの留守を
知っていたのですね？

ジャコモ　奴に会うためにやって来たのです。
留守なら戻るのを待つしかありません。

オルシーノ　驚いた！
よく考えた上でこんな向こう見ずなことをしたのですか？

ジャコモ　もちろん！
あの破壊者は身の危険を感じているのでしょうか？　私たちは
もはやこれまでのような親と子の関係ではなく、

人間と人間、迫害する者と迫害される者、
恥辱を与える者と与えられる者、敵と敵。
奴は自然を捨て去りました、かつては自分を守ってくれたものを、
自然も奴を見捨てています、もはや恥となる存在ですから。
私はどちらもはねつけます。喉元を揺さぶって
次のようなことを言う相手が父親だなんて。金は望まない、
過去の幸福な年月も、穏やかな少年時代の
思い出も、家庭で育まれる愛情も、
これらすべてを、いやそれ以上のものをあなたが奪い取ってきたとしても、
でも汚れのない世評だけは、あなたが積み上げた貧困の状態でも
その憎しみから隠してきたと思っている
平穏という蓄えだけは欲しいのだ、
それが無理なら私は……神様が理解され、許してくださる、
人に相談する必要などあるだろうか？

オルシーノ　　親愛なる友よ、落ち着いてください。

ジャコモ　それでは、奴が何をしたのかを落ち着いて話しましょう。

知っての通り、あの年老いたフランチェスコ・チェンチは
妻の結婚持参金を私から借りたのですが、
後になってその貸付を否定しました。おかげで私は
貧しい状態に陥り、そこから抜け出そうとして
稼ぎの少ない国の仕事に就くことにしました。
その仕事は保証されていたので、早いうちに
ぼろを着ている赤ん坊に新しい服を買ってやることができ、
妻に笑顔が戻りました。そして私の心も平安を感じることができたのです。
そんなとき、チェンチの妨害によってその職が
どこかの悪党に渡ったことを知りました。奴は自分の卑劣さに服従する男に
見返りを与えたのです。この悪い知らせを持って
家に帰ると、家族と一緒に悲しみ
涙を流して沈んだ気持ちを慰め合いました、
それはこの世のどんな苦しみをも和らげる
愛情と揺るぎない信念から出てきた涙でした。そんなときに奴は
いつものように悪態をつきにやって来て、

貧困に苦しむ私たちを嘲り、こんな状態になったのは
親不孝な息子に対する神の天罰によるものだと言いました。
だから私は、恥辱で奴を黙らせてやろうと思い、
妻の結婚持参金の話を持ち出しました。すると奴は
短いけれども、もっともらしい作り話を始めたのです。それは、いかに私が
隠れて放蕩な生活を送り、その金を浪費してしまったかというものでした。奴は
妻が動揺しているのを見て取ると、笑顔を浮かべながら家を出ていったのです。
私は奴が残していった心の影響を知りました、
そして妻が私の熱のこもった誠実さを黙って軽蔑し
冷たい嫌悪の表情を浮かべているのを感じたとき、
この私も家を出ていったのです。それでも、ほどなく家へと戻りました。
ところが妻は、その間によからぬ考えを
子供たちに教えていて、彼らは皆でこう叫んだのです、
「お父さん、着る物をちょうだい！　もっといい食べ物をちょうだい！
お父さんが一晩で使うお金で一か月間
暮らしていけるのに！」その光景を見て、家が地獄になったことが分かりました。

あの地獄に戻ることはありません
あの敵が罪を贖《あがな》うまでは、
贖わないのであれば、奴が私に命を与えたのですから、
自然の法に逆らって私は……
オルシーノ　私を信じて聞いてください、
あなたが今ここで望んでいる代償は
拒絶されてしまうでしょう。
ジャコモ　ということは……あなたは私の友人ではないのですか？
ある日、二人で話をしたとき、
私が行動するところまで来ているのを知って
もう一つの策をほのめかしたではありませんか？
あのとき私の苦しみは軽くなりました。でも、たとえ決心が固まっていても、
親殺しという言葉が恐怖のように私に取り憑《つ》いているのです。
オルシーノ　言葉そのものが恐怖なのです、というのも言葉自体は
空虚で名ばかりのものですから。最も賢き神がいかにして
いくつもの公平な運命の糸を一点に引き寄せ、

それを神聖なものにされるのかを見るのです。あなたの計画は
成し遂げられたと言ってもよいでしょう。

ジャコモ　奴が死んだと？

オルシーノ　彼の墓は準備されています。知っておきなさい、私たちが会った後に
チェンチが自分の娘に残虐な行為を働いたことを。

ジャコモ　残虐な行為とは何です？

オルシーノ　彼女は語りません、でもあの様子を見れば
私と同様、半分は推測できるでしょう、
肌の色は蒼白なままで変わらず、気高い悲しみを漂わせる
厳しい表情が空虚な大気にもたれかかり、
声は痛々しく調子が整っていない、
これらは優しさと恐ろしさの両方を打ち負かしておりました。そして最後に
次のことから推測できるでしょう。彼女の継母と私は
恐怖の中でうろたえながら、判然としない手掛かりを頼りに
言葉を交わしました。自分自身の心も理解できないまま
闇の中を手探りするような状態だったので、話をしても

事の真相に至ることができません。ところが、起こった事への復讐の話になると
ベアトリーチェが割り込んできたのです。彼女が言葉を発する前に
その表情から伝わってきました、チェンチは死ななくてはならない、と……

ジャコモ　それで十分です。疑念がすっかり晴れました。
私のよりも立派な行動の理由が
存在していたのですね。そして私よりも神聖な決定者、
私よりも潔白な復讐者が。ベアトリーチェ、
お前はその純粋な若さが生む優しさから
虫を踏み殺したこともなかったし、咲いてある花を
傷つけたこともなかった。なのに、必要のない涙を流して
これらのものを憐れんだのだ！　清き妹よ、人々は不思議がったのだ
どのようにしてその愛らしさと賢さとが
互いに損なうことなくお前の中で存在しているのかを！[12]　お前を破壊する行為が
行われてしまったのか？　ああ、心よ、もはや
正当化など不要だ！　オルシーノ、奴が帰るのを待って
ドアのところで刺し殺しましょうか？

オルシーノ　いや、駄目です。何か不慮の出来事が起こって
今確実にできることから彼を逃してしまうかもしれません。
あなたも準備ができていません、どこに逃亡すればよいのか、
どのように弁明し、どのように隠蔽すればよいのか。それよりも聞いてください。
すべてが計画され、成功は保証されています、
ですから……

ベアトリーチェ登場

ベアトリーチェ　お兄様の声ね！　私のことをご存じですか？
ジャコモ　私の妹、哀れな妹よ！
ベアトリーチェ　本当に哀れです[13]！
オルシーノと話していましたね、そして
口に出すのもおぞましいことを思い浮かべているのでしょう、
でも事実には到底及びません。さあ、ここにいては駄目です、
あの人が戻ってくるかもしれません。その前にキスをしてください。そうすれば

お兄様があの人の死に同意したと受け取ることができます。
ごきげんよう、さようなら！　神に対する畏敬の念、
兄弟愛、正義、慈悲深さ、
そしてどんなに無情な心でも優しくさせるすべてのもののために、
お兄様、自分の心を無情にさせてください。返答は要りません……さようなら。

〔別々に退場

第二場　ジャコモの家にある粗末な部屋

ジャコモ、一人でいる。

〔雷鳴、そして嵐の音

ジャコモ　真夜中になったが、オルシーノはまだ来ない。
なんと！　永遠なる自然の力とは
虫けら同然の人間とも共鳴するものなのか？　もしそうなら
慈悲の翼を持った稲妻の矢が岩や木々に

落ちることはないだろう。妻と子供たちは眠っている。
あの者たちは今、何の意味もない夢の中で生きているのだ。
だが俺は目を覚まさなくては、今でもあの行為が正しいかどうか
確信がないままだ、最も必要とされるあの行為が。ああ、
油が切れそうなランプよ！[14]　お前の弱々しい炎は
風に揺らめき、その周りでは
闇が貪るように付きまとっている！　小さな炎よ、
お前は、まるで死にゆく者の脈が打ってはまた止まるように、
なおも上へ下へと揺らめいている。もし油を注がなかったら
お前はどんなに早く消えてしまい、まるで存在しなかったかのように
なってしまうことか！　これと同じように、まさに今
俺の命に火を灯したあの命は消えてなくなっているだろう。
だが、いかなる力も壊れた肉体のランプに
命の油を満たすことはできない。はっ！　全身が冷たくなるまで
流れ去っていくのは、俺の血管に注ぎ込まれた奴の血。
白くて黄色い死の発作に襲われるのは、

俺の体を作り上げた奴の体。
今、天にある審判の座の前で
丸裸となって立っているのは、神の不滅の姿を
俺の魂に着せてくれた奴の魂だ！

〔鐘が鳴る

一回！　二回！
時間《とき》が這《は》うように進んでいく。この頭が白く染まったとき
俺の息子もこのように待つのだろうか、
正当な憎しみと虚しい同情の間で苦しみ、
俺が期待するような知らせを遅れて持ってきた使者を
叱りつけるといった様子で。ひどい仕打ちを受けたのに
奴が死んでいないことをまだ望んでいる。
しかし……あれはオルシーノの足音……

オルシーノ登場

話してください！

オルシーノ　　お伝えしますが
彼は逃げました。

ジャコモ　　逃げたですって！

オルシーノ　　ペトレッラ城の中で
安全な状態でいます。彼はあれを実行する場所を
予定よりも一時間早く通り過ぎていきました。

ジャコモ　こんな不測の事態にまんまとやられて、私たちは馬鹿なのでしょうか？
こんな盲目の不安のために、行動すべき数時間を
無駄にしてしまったのでしょうか？　そして、風と雷鳴が、
奴の死を告げる鐘の音《ね》となるはずが、大きな笑いとなって
天が我々の弱さを嘲っています！　これからは
いかなる計画や行動も悔いることはありません
尻込みする以外は。

オルシーノ　　ご覧なさい、ランプが消えました。

ジャコモ　闇が無害な炎を飲み込んでも
我々に悔恨の情が湧かないとすれば、ひるむことがあろうか

邪悪な者たちに自ら欲した悪行を見られるようにするあの光、
つまりチェンチの命を永遠に消し去ることに？
いや、俺は無情になったのだ。

オルシーノ　どうして、そんな気持ちになる必要がありますか？
正しい行動をとるのに、悔恨の情が青ざめて止めに入るのを
恐れる者がいるでしょうか？　最初の計画は失敗しましたが、
まもなく彼が永遠の眠りに就くことを疑ってはなりません。
ランプに明かりを灯してください、暗闇の中で話すのはやめましょう。

ジャコモ　〔ランプに明かりをつけて
しかし一度消えてしまったら、このように
父の命に再び点火することはできません。あの人の亡霊が
神に対して異議申し立てをするとは考えられませんか？

オルシーノ　一度機会を逃したら
もうあなたの妹の平安を取り戻すことはできないのです、
消え去ったあなた自身の青春と希望の日々も。
奥様が言われた辛辣な言葉や、運の弱さゆえに

裕福な連中から浴びせられる侮辱的な笑いも打ち消せません。
お亡くなりになったお母様や、それに……
ジャコモ　　　　　　　　　　　　ああ、もう黙ってください！
決心がつきました、この手に命を与えた者の命を
まさにこの手が消し去ることになっても。
オルシーノ　その必要はありません。聞いてください。オリンピオを
ご存知でしょうか？　ご老体のコロンナ公爵の時代に
ペトレッラ城の城代をしていた男ですが、あなたの父親にその地位を
奪われてしまったのです。そしてマルツィオのことは？
こいつは気性の荒い悪党で、昨年チェンチのために殺人を
請け負ったにもかかわらず、それに見合った報酬を受け取れなかった男です。
ジャコモ　オリンピオのことは知っています。話によると彼は、
あの年老いたチェンチに対する憎しみが尋常ではなく、奴が通るのを見ただけで
黙ったまま怒りを募らせ、唇の色が真っ白くなるとか。
マルツィオのことは何も知りません。
オルシーノ　　　　　　　　　　　マルツィオの憎しみ具合は

オリンピオのと同じです。あなたの名前で、
そしてあなたの依頼として、ベアトリーチェとルクレツィアに
会って話すように二人を送りました。

ジャコモ　話すだけですか？

オルシーノ　明日の深夜に向けて
今も進んでいる時間が、
自らの歩みに死という記念碑を与えることでしょう。そのころには
きっと奴らは話を済ませ、もしかしたら事も済ませ、
ついに終わりが……

ジャコモ　聞いてください！　あの音は何です？

オルシーノ　番犬がうなっているのです、あとは家の梁《はり》がきしむ音。他には何も。

ジャコモ　妻が眠ったまま不満を言っているのです。
きっと、私のことで辛辣な言葉を吐いているのでしょう。
そして妻の周りで寝ている子供たちは皆、
食べ物を与えようとしない私の夢を見ているのです。

オルシーノ　一方、

実際に子供たちから食べ物を奪い、空腹で寝ている彼らのお腹を
苦痛で満たしている張本人は今ごろ、
悪しき快楽に包まれて眠っているのです、そして現実にあまりにも似た
憎しみ三昧の夢の中で凱歌を揚げながら
あなたを馬鹿にしているのです。

ジャコモ　奴が再び目を覚ますことがあったら、
金で雇われた者たちの手に任せてはおけない……

オルシーノ　どうして、大丈夫ですよ。もう行かなくては、おやすみなさい！
次にお会いするときは……すべてが終わっているでしょう——

ジャコモ　そしてすべてが
忘れ去られる——ああ、自分が存在していなければ[15]！

〔退場

第四幕

第一場　ペトレッラ城の一室

チェンチ登場。

チェンチ　あの娘はここに来ない。だが、今でさえ打ち負かされ
力を失った状態にしてやった。遅れたらどんな罰が待っているのか
分かっているはずだ。脅すだけでは効果がなかったか?
俺はもうペトレッラ城の堀の中にいるではないか?
それともまだ、ローマの連中の目や耳を怖がっているのか[1]?
あいつの金髪をつかんで引きずり回してはいけないのか?
踏みつけてやるのも?　脳みそが疲れ果てるまで
寝かさないでおくのも?　鎖と飢えで飼いならすこともできないのか?
どれも物足りない。それに、一番望むことを
やらないでおくのは!　いや、あいつの頑なな意志こそ

自ら受け入れ堕落させたものと
同じところまで堕ちていくのだ。

ルクレツィア登場

忌々しい女め！
俺の憎しみから身を隠すがいい。行け、消え失せろ！
いや待て！　ベアトリーチェにここに来るように命令しろ。
ああ、

ルクレツィア

夫《あなた》！　ご自身の哀れな境遇のためにも
自らの行いには気をつけてください。あなたのように
罪や罪に付きまとう危険の中を歩く人は、
突然訪れる死の上でいつもよろめいているのです。
それにもうお年を召しました、頭も白髪でいっぱいです。
死と地獄からあなた自身を救えますよう
ご自分の娘を憐れんでください。どこかの友人に

嫁がせるのです。そうすれば、あの子のせいで嫌な思いをせずに済みますし、
もっと悪いことがあっても、今より悪い思いをすることはないでしょう。
チェンチ　何だと！　あいつの姉のように[2]家を見つけさせ
そこから幸運な気持ちで俺の恨みを馬鹿にさせる気か？
とんでもない破滅に見舞われて死ぬがいい、あいつもお前も
生き残っている奴ら全員だ。俺の死が
近づいているとしても——あいつの運命がそれを追い越すだろう。さあ行け、
ここに来るように伝えろ、俺の気分が変わって
あいつの髪をつかんで引きずり出す前にだ。
ルクレツィア　夫《あなた》、私をここに来させたのはあの子です。ご存知のように
あの子はあなたを見て気を失ってしまいました。
そして気を失った状態のまま、あの子は次のような声を聞いたのです、
「チェンチはきっと死ぬ！　彼に告白をさせろ[3]！
罪を咎《とが》める天使が今でも知らせを待っている、
神が極悪非道な罪を罰するために
死にゆく彼の心を頑なにさせておくのかと！」

チェンチ

なぜだ――そのようなことが……
疑いもなく、神の啓示が為されるだろう。
俺が天の祝福を受けているのは明白だ、
息子たちを呪ったら死んだのだからな。――そうだ……だから……
正しいとか誤りとか、そんなものは言葉の問題だ……悔い改め[4]……
悔い改めとは短時間で簡単にできる作業であり
しかも俺ではなく神次第というわけだ。さて……それにしても……
もっとやりたいことがあったのだが諦めねば、すなわちあいつの魂を
毒して堕落させることだ。

〔少しの間。ルクレツィア、チェンチのほうへ不安そうに近寄るが、
チェンチが話し出すと後ずさりする

一人、二人、
そうだ……ロッコとクリストファーノは、俺の呪いで
絞め殺してやった。ジャコモは自分の人生が
死後の世界よりも地獄だと分かるだろう。
ベアトリーチェに憎む技量があれば

神を罵《ののし》って絶望のうちに死んでいく。ベルナルドには、
あいつはまだ幼いから、兄と姉が受けた仕打ちの
思い出を置き土産にしてやる。あいつの青春時代は
希望の墓場と化し、邪悪な心が雑草のように
荒れ果てた墓にはびこるだろう。
これらすべてが済んだとき、広大なローマ平原[5]に
俺の金銀財宝を積み上げてやる、
それに高価な礼服、絵画、タペストリー、
俺の財産を記した羊皮紙や記録のすべてを。
そして歓喜の大かがり火を焚いてやる、
残った財産は俺の名前だけだ、
それを受け継いだ者は、汚名を着せられたも同然、
脱いで丸裸となる。それが済んだら、
懲罰の鞭となる俺の魂を
受け継ぐ奴の手に譲ってやろう。
懲罰が俺の魂やあいつらに向けられても

鞭が最後の深手を負って壊れるまで
俺の出番はないだろう、
だが、憎悪はすべて科せられることになる。とはいえ、
死が目的を追い越すのは困る、手短に事をやり終え
確信を得て……
〔立ち去ろうとする

ルクレツィア　〔チェンチを止める
どうか、ここにいてください！　あれは嘘だったのです。
あの子は幻影など見ていませんし、声も聞いておりません。
あなたを脅かすために私が言っただけなのです。

チェンチ　上等な話だ。
聖なる神の真理を使って質《たち》の悪い冗談を言いおって、
神を冒涜するその嘘で魂を窒息させるがいい！
ベアトリーチェには、俺の意のままになるように
これまでにない恐怖を用意してある。

ルクレツィア　まあ！　意のままとは何ですか？

あの子がまだ知らないどんなむごい仕打ちを
なさるつもりですか?

チェンチ　アンドレア!　娘を呼んでこい、
来なければ、こっちから行くと言ってやれ。
どんな仕打ちだと?　まず引きずり回してやろうか
誰も聞いたことのない恥辱の中を一歩一歩。
あいつは無防備な状態で白昼、周りから軽蔑の眼差しを
向けられるのだ、行状が広く知れ渡っているからな。
その中の一つが……何だと思う?　お前には想像がつくか?
結局あいつは(というのも、あいつが最も忌み嫌う者こそ
あの嫌がる気持ちを罠にかける魔力を
持っているのだから)、自分の本心に対しても
他人に対するような接し方しかできなくなる。死ぬ際には
告白もできず、赦しも得られぬままこの世を去るだろう
父親と神に対する反逆者として、
あいつの死体は犬どもの餌として捨てられ[6]

あいつの名前は大地の恐怖[7]となるだろう、
あいつの霊は、俺の呪いによって疫病の斑点を付けたまま
神の玉座へ向かうことになる。肉体も魂も
恐ろしい破滅の塊にしてやるつもりだ。

アンドレア登場

アンドレア　お嬢様は……

チェンチ　青ざめた奴隷め、話してみろ！
あいつは何と言った?

アンドレア　ご主人様、青ざめた奴隷とはまさにあの方のご様子。お嬢様は、
「父にお伝えください、私たち二人の間に
地獄の淵が見えます、[8]父はそこを渡るでしょうが、
私が渡ることはありません」と言っておられました。

〔アンドレア退場

チェンチ　ルクレツィア、早く行け

あいつに来るように伝えろ。だが、同意の上で来るものだと
分からせるのだ。こうも言っておけ、
もし来ないのなら、呪ってやるとな。

はっ！

〔ルクレツィア退場

神が武力の勝利を恐怖に陥れ
繁栄した町を青ざめさせるのに、父親の呪い以外
何が必要だというのだ？　世界の父である神は
子に対する親の祈りを許してくださるはずだ、
たとえその親が俺と同じ呼び名だったとしても。
俺と話す前だが、反抗的な兄弟たちの死が
あいつに畏怖の念を抱かせないことがあろうか？　奴らに向けて
早い破滅を祈ったら、叶ったのだぞ。

ルクレツィア登場

さて、どうだ？　この恥知らずめ、話してみろ！

ルクレツィア　あの子は言いました、「私は行きません、
父にお伝えください、私たちの間に
あなたの血が激しく流れる川が見えます」と。

チェンチ　（跪《ひざまず》いて
神よ[9]！
聞いてほしい！　あなたがあの娘を作る材料にした
この最も美しい肉の塊、この俺の血、
俺の存在から分離してできたこの部分、
いやむしろ、俺自身をも汚し毒する光景となる
俺のもたらす禍《わざわい》や病《やまい》、地獄から飛び出したように
俺から飛び出したこの悪魔、これらのものが善なる何かを行うために
意図されたものなら、あいつの輝くばかりの美しさが
この暗黒の世界を照らすために燃え上がるのなら、
世の中を平安にする美徳が
あなたが選び抜いた愛の露で育まれ

あいつの中に花咲くのであれば、どうかお願いしたい、
なぜならあなたはあの娘、俺、そしてすべてにとって
共通の神であり父なのだから、どうかこのような天の定めを撤回してくれ！
大地よ、神の名において、あいつが食べる物を
毒に変えるのだ、体中に疫病のしみが
ちりばめられるまで！　天よ、あいつの頭の上に
マレンマ[10]の水を吸った毒の雨を降らせろ
体がヒキガエルのように斑点まみれになるまで。あの愛で燃え上がる唇を
干からびさせろ、あの美しい足をねじ曲げ
忌むべき不自由な足にしてしまえ[11]！　すべてを見抜く太陽よ、
生気を放つあの目に嫉妬し、潰すのだ
その目をくらます光線で[12]！

ルクレツィア　静かに！　おやめになって！
ご自身のためにも、そのような恐ろしい言葉は取り消してください。
気高き神がそのような祈りをお認めになったとき、罰を与えられます。

チェンチ　〔飛び上がり、右手を天に向かって振り上げる

神は神の意のまま、俺は俺の意のままだ！　これも付け加えておこう
あいつに子供ができたら[13]……

ルクレツィア　恐ろしい考えを！

チェンチ　あいつに子供ができるようなことがあれば、そして
力溢《あふ》れる自然よ！　お前の神にかけて厳命してやる、
あいつの中の種を実らせろ、子供を産ませて
増やすのだ、そして神のご命令と
俺の執念深い呪いを成就させろ！　願わくは
その子供があいつの醜い分身とならんことを、そして
歪《ゆが》んだ鏡のように、あいつは最も忌み嫌う者と
混ざり合った自分の姿を見るだろう
乳を飲みながら母親に微笑みかけるその姿を。
子供は幼いころから一日一日
すくすくと成長し、邪悪さと醜さを増していく、
したがって母親の愛情は苦痛の種に変わるのだ。
二人は一緒に生きていくだろうが、いずれ子供は

母親の献身と苦労を憎悪で恩返しするだろう、
またはもっと自然に反した別のものによって。
そして、話し好きな世間から嘲笑を浴びせられながら
子供はあいつを追い続け、不名誉な墓場へと追いやるのだ[14]。
この呪いを取り消してやろうか？　だったら早くあいつを呼んでこい、
俺の言葉が天に書き記される前にな。

〔ルクレツィア退場

俺は自分が人間のように感じられない、
まるで、どこか忘れ去られた世界の罪を
罰するために派遣された悪霊のようだ。
血管の中で血が行ったり来たりしている、
恐ろしい快楽に刺激され疼《うず》いているのだ。
不思議な畏怖の念が起こってめまいがする、
身の毛もよだつような喜びを期待するあまり
心臓の鼓動が鳴り止まない。

ルクレツィア登場

何だ？　話してみろ！

ルクレツィア　呪うがいい、と言っております。
そうなるはずはありませんが、あなたの呪いが
あの子の魂を破壊するようなことがあれば……

チェンチ　あいつは来ない。上等だ、
次の二つをやればいい。まず俺の要求通りに実行し
後で容認を強要する。お前は部屋に戻れ！
蹴られる前にとっとと消え失せろ。いいか、今夜は
俺の足取りを邪魔するんじゃないぞ。虎とその餌食の間に
割って入るほうがまだ安全というものだ。

〔ルクレツィア退場

もう夜が更けたのか。こんな睡魔は経験したことがない、[15]
疲れで視界が暗くなってきた。
良心よ！　はっ、お前は嘘の中でも一番無礼な[16]奴だ！

話によれば、眠り、すなわち天から降る癒しの露は
お前をペテン師だと考える入り組んだ脳みそを
香油に浸すことはないらしい。俺が先に
お前を騙して安息の時間に追いやってやる、
きっと深く穏やかな眠りとなるだろう。そしてその後は……
おお、無数の人間がいる地獄よ、悪霊たちが
歓喜の笑いでお前の丸天井を揺らすことになるぞ！
一方、天には嘆きの声が響き渡るだろう
堕天使に向けられる嘆きと同じものが。地上では
善なるものすべてがうなだれ衰えていく、そして邪悪なものは
自然に反した生命の力によって
活発に動き出すだろう[17]……まさに今の俺のように。

〔退場〕

第二場　ペトレッラ城の前

ベアトリーチェとルクレツィア、城壁の上に登場。

ベアトリーチェ　彼らはまだ来ていません。
ルクレツィア　もうすぐ真夜中ね。
ベアトリーチェ　なんてゆっくりと
思いを巡らす速さに酔いながら
鉛の足をした時間が歩いているのでしょう！
ルクレツィア　少しずつ時間が進んでいく……
事が済む前にあの人が目を覚ましでもしたら？
ベアトリーチェ　そんな、お母様！　もう目を覚ますことがあってはなりません。
お母様の言葉で私の決意は固まったのです、私たちがする行為は
地獄の深淵にあるべき霊魂を
人間の姿から取り除くに過ぎないことだと。
ルクレツィア　たしかにあの人は

死と最後の審判[18]について話していて、あんな邪悪な心を持っているのに
不思議な自信があったわ。それは神を信じていながら
善悪についてはまるで注意を払わない様子。
なのに、告白をせずに死んでいくなんて！……

ベアトリーチェ　まあ！
信じるのです、天は慈悲深く公平なものであり、
私たちに必要な恐ろしい行為を
あの人の罪の数に加えることはありません。

オリンピオとマルツィオ、下のほうに登場

ルクレツィア　見て、
彼らがやって来たわ。

ベアトリーチェ　死すべきものはすべて
このように邪悪な目的に向かって急ぐものなのです。下へ行きましょう。

〔ルクレツィアとベアトリーチェ、上のほうから退場

オリンピオ　お前はこの仕事をどう思っているんだ？
マルツィオ　　　　　　　　　　　　　　人殺しの老人を殺《や》ったら
千クラウンで相場としては文句なし、
まあそんなところだ。お前、顔が青いぞ。
オリンピオ　お前の白い顔が反射しているからだ、
だから青く見えるんだろう。
マルツィオ　　　　　　　　それが自然な顔色か？
オリンピオ　あるいは憎しみのせいだ、ずっと発散できなくて
うずうずしているんだ、そのせいで顔に血の気がないのさ。
マルツィオ　それじゃ、十分その気になっているんだな？
オリンピオ　　　　　　　　　　　　　　　　もちろんよ。
もし自分の子供を噛んだ蛇を殺すのに
千クラウンで雇われたら、
これ以上のことはないだろうよ。

ベアトリーチェとルクレツィア、下のほうに登場

高貴なご婦人方！

ベアトリーチェ　決心はつきましたか？

オリンピオ　奴は寝ているのか？

マルツィオ　すべては

静まっているんだな？

ルクレツィア　あの方の飲み物に阿片を入れました。

とてもよく眠っています……

ベアトリーチェ　ですから、死ぬことは単に

罪を罰する夢の場所が変わるだけ、

あの人の中にある地獄の闇は続いているのです、

そして、それを終わらせるのは神様！　決心がつきましたか？

これが崇高で神聖な行為であることは分かっていますね？

オリンピオ　二人とも決心はついている。

マルツィオ　この行為が

どうすれば正当化されるかは、そちらさん次第だが。

ベアトリーチェ　それでは、ついて来て！

オリンピオ　しっ！　聞こえるか！　何だあの音は？
マルツィオ　おい！　誰か来るぞ！
ベアトリーチェ　あなたたち、良心におびえた臆病者ね、その赤ん坊のような心を
落ち着かせなさい。あの音は鉄の扉から聞こえてきます、
あなたたちが開けっぱなしにしてきたので、風で揺れているんだわ
まるで馬鹿にしているかのようにヒューヒューと音を立てて。さあ、ついて来て！
私と同じ足取りで、軽やかに、素早く、そして勇敢に。

〔退場〕

第三場　城の一室

ベアトリーチェとルクレツィア登場。

ルクレツィア　今ごろ取りかかっている時間よ。
ベアトリーチェ　いえ、もう済みました。
ルクレツィア　うめき声が聞こえてこないわ。

ベアトリーチェ　うめくことはありません。

ルクレツィア　あの音は何？

ベアトリーチェ　聞いてください！　あの人のベッドの辺りから

足音が聞こえます。

ルクレツィア　神様！

もう冷たく硬くなった亡骸になっていたら……

ベアトリーチェ　そんな、何が為されたとしても

恐れてはいけません、為されないままなのが恐ろしいのです。

あの行為ですべてが決まるのです。

オリンピオとマルツィオ登場

無事終わりましたか？

マルツィオ　何だって？

オリンピオ　呼ばなかったか？

ベアトリーチェ　いつです？

オリンピオ　今だよ。[19]
ベアトリーチェ　すべてが終わったのかと聞いたのよ。
オリンピオ　眠っている老人を殺すことはできなかった。
細く灰色がかった髪に、厳格で敬虔そうな表情、
呼吸で膨らむ胸の上には血管の浮き出た両手が重なり、
寝ている様子は穏やかで、何の悪意も感じられなかった。
それを見たら殺す気が収まったんだ。まったく、本当に、俺にはできない。
マルツィオ　俺のほうが度胸はあったぞ。オリンピオを叱りつけ、
墓場まで奴の仕打ちに耐えて
報酬は俺に置いていけと言ってやったんだ。だが、俺のナイフが
あの柔らかく皺の寄った首に触れたとき、あの老人は
眠りながら動き出し、こう話し始めたんだ、「神よ！　聞いてくれ、ああ、聞いてくれ、
父親の呪いを！　何、あなたは我々の父親ではないのか？」
そして奴は笑ったんだ。俺には分かったのさ
死んだ親父の霊が奴の口を借りてしゃべったことが、
だから俺も殺せなくなっちまった。

ベアトリーチェ　情けない奴隷たちね！
眠っている人間を殺せないなら、
何もしないで私のところに戻ってくる度胸が
どこにあるのかしら？　見下げ果てたインチキ連中！
臆病者で裏切り者！　何なの、あなたたちが金と復讐の代わりに
売り渡した良心[20]がそもそも
言い逃れだったなんて。そんなものは、日常茶飯事になっている
恥ずべき行為の上で眠っている代物でしょ。
情け容赦が天を軽蔑してしまう、そんな行為が……
なんで私が話しているの？
〔二人の一方から短剣を奪い取ってかざす
もしお前に「この娘は父親を殺した」と
言える口があるのなら、本当にやらなければならないわね[21]！
でもあなたたち、あの人よりも長生きできるなんて夢にも思ってはならないわ！
オリンピオ　お願いだから、やめてくれ！
マルツィオ　俺が戻って殺してくるよ。

オリンピオ　凶器をくれ、あんたの望み通りにちゃんとやってくるから。
ベアトリーチェ　取りなさい！　行って！　ちゃんと戻ってくるのよ！
〔オリンピオとマルツィオ退場
なんと青ざめた顔！
私たちは、成し遂げないことこそ致命的な罪となってしまう、
そんなことをしているだけなのです。
ルクレツィア　成し遂げられるものなら！
ベアトリーチェ　お母様の心に
そのような疑念がよぎっている間にも、世界は
変化の訪れに気づいています。暗闇と地獄は
甘美な命の光[22]を消すために吐き出した蒸気を
飲み込んでしまいました[23]。自分の呼吸が
軽くなったような気がします、そして淀《よど》んでいた血が
自由に血管の中を流れているようです。聞いてください！
〔オリンピオとマルツィオ登場

オリンピオ　あの人は……
死んだ！

マルツィオ　出血しないように首を絞めて殺したぞ[24]。
その後、重い死体をバルコニーの下にある庭に向かって
投げ落とした、自分で落ちたように見えるからな。

ベアトリーチェ　〔硬貨の入った袋を二人に渡して
さあ、このお金を受け取って、急いで家に帰りなさい。
マルツィオ、あなたは私を震え上がらせた者を
ずっと恐れていましたね、これを着なさい！
〔高価なマントを彼に着せる
それは私の祖父が繁栄の時代に
身につけていたマント、人々は
あの方の身分を羨みましたが、あなたも羨まれる身分となりますように。
あなたは、正義を行うために神様が握っていた
武器だったのです。長寿と繁栄を！　そして、いいですか
罪を犯したら悔い改めるのです。今回の行為は罪ではありません。

〔ラッパが鳴る

ルクレツィア　聞いて、あれは城のラッパの音。神様！　まるで
最後の審判を告げるラッパ[25]のような響き。

ベアトリーチェ　どこかの厄介な訪問客が来たのです。

ルクレツィア　吊り上げ橋が下がっている、中庭では
馬の蹄《ひづめ》の音が聞こえるわ。逃げなさい、隠れるのです！

〔オリンピオとマルツィオ退場

ベアトリーチェ　私たちも退散してぐっすり眠っているふりをしましょう、
でも今は、ふりをする必要はありません。
この手足を支配する精神には
不思議と何の邪魔も感じられません。恐れを抱くこともなく、穏やかに
寝ることすらできます。悪いことはすべて、たしかに過ぎ去ったのです。

〔退場

第四場　城にある別の部屋

一方からローマ教皇特使のサヴェッラ、召使いに案内されて登場、
他方からルクレツィアとベルナルド登場。

サヴェッラ　伯爵夫人、お休みのところを
時間を顧みずお邪魔してしまいましたが、
聖下よりお受けした職務ゆえお許しください。どうしてもチェンチ伯爵と
話さねばなりません。閣下は寝ていらっしゃいますか？

ルクレツィア　〔狼狽した様子で
寝ていると思いますわ。
でも起こさないでください、お願いです、しばらく時間をくださいますか、
あの方は邪悪さと怒りでできた人間です、
今夜、眠りを妨げでもしたら、
あの方の夢は怒りに満ちた地獄のようなもの、
いけません、絶対にいけませんわ。

夜が明けるまで待ってください……　〔傍白
ああ、気分がひどく悪い！

サヴェッラ　つらい思いをさせるのは心苦しいのですが、伯爵には
非常に重大な嫌疑がかかっており、答弁していただく必要があるのです、
それもただちに。これが私の任務なのです。

ルクレツィア　〔もっと動揺して
私に起こす勇気はありません。誰もそんなことは……
非常に危険ですわ……毒蛇を起こすか、
悪霊が潜む死体を起こすほうが
安全かもしれません。

サヴェッラ　夫人、これは私にとって一刻を
争うことなのです。他に起こせる者がいないのであれば、
私がするしかありません。

ルクレツィア　〔傍白
ああ、恐ろしい！　ああ、絶望だわ！

〔ベルナルドに

ベルナルド、教皇特使をお父様の部屋に
お連れしてちょうだい。

〔サヴェッラとベルナルド退場

ベアトリーチェ登場

ベアトリーチェ　あれは使者です、
今ごろ、訴えの利かない神様の御座《みざ》の前に
立っている罪人を捕えに来たのです。
天と地は共に理解を持った決定者、
私たちの行為を無罪にしてくださいます。

ルクレツィア　ああ、恐怖で悶《もだ》えるような苦しみ！
あの方がまだ生きていてくれたら！　たった今も聞こえたわ
特使の従者たちがここを通るときに囁《ささや》いていたのよ
あの方が突然死んだので逮捕状があると。

すべてが正当な方法で準備されているわ、
私たちはちゃんと代償を払わないと、やってしまったんですもの。
まさに今、あの人たちは城塞の中を捜索し、死体を発見しているのよ。
事の真相を推測し、協議し合った末に
ここへやって来て、私たちに容疑をかけるんだわ。
ああ、恐ろしい、すべてが露呈してしまう！

ベアトリーチェ　お母様、
賢明に行ったことは、うまくいくものです。気をしっかりお持ちになって、
あなたは正しいのですから。横着な子供と同じですよ、
たとえ強い意志で行ったことでも
他人に知られるのを怖がったり、
目をキョロキョロさせて顔色を変え、隠したいことを
全部さらけ出してしまうなんて。自分自身に忠実になってください、
その恐怖心以外はどんな証言も恐れてはなりません。
あり得ませんが、万が一咎《とが》められるような
状況になったら、殺人者ができないような

驚きの表情を作って疑いをかわし、
横柄な態度で潔白を主張して
乗り越えましょう。事は済んだのです、
これから何があっても私には関係ありません。
今の私は光のように普遍であり、
大地を取り巻く大気のように自由、そしてこの世界の中心のように
不動の状態です。これから起こる結果は、私にとって、
堅い岩を揺らすことができない
風のようなもの。

〔舞台奥で叫び声、そして騒ぎ声

複数の声　殺人だ！　殺人だ！　殺人だ！

ベルナルドとサヴェッラ登場

サヴェッラ　〔従者たちに
行け、城内を調べるんだ、警報を鳴らせ、

誰も逃げられぬよう門を見張るんだ！

ベアトリーチェ　今のは何ですか？

ベルナルド　何と言ったらいいのか……お父様が亡くなりました。

ベアトリーチェ　えっ、亡くなった！　眠っているだけです、弟ったら、何かの間違いよ。お父様が眠っているときはとても穏やかでしょ、本当に死んでいるかのように。暴君がよく眠っているなんて不思議ね。亡くなったなんて嘘でしょ？

ベルナルド　亡くなりました、殺されたんです。

ルクレツィア　〔過度に興奮して〕ああ、そんなまさか、たとえ亡くなったとしても、殺されたなんてあり得ないわ。城内の部屋の鍵はすべて私が持っているんですもの。

サヴェッラ　ほう！　そうですか？

ベアトリーチェ　閣下、どうぞお願いです、私たちは失礼いたします、お母様の加減がよくありません。この途方もない恐ろしい出来事ですっかり参ったようです。

五五

六〇

〔ルクレツィアとベアトリーチェ退場

サヴェッラ　誰がお父様を殺したのか見当がつかないかい？

ベルナルド　何も浮かびません。

サヴェッラ　　　　出てこないかな
お父様の死に興味を持っていた人物の名前が？

ベルナルド　　　　そんな！
興味のない人なんていませんでした、それに
こんなことが起こって一番悲しんでいるのは
お母様とお姉様と僕だけです。

サヴェッラ　それは不可解だ！　明らかに損傷の跡があったからね。
月の光に照らされた老人の遺体は
寝室の窓の下にある松の木に
ぶら下がっていた。自分でそこに
落ちたはずがない、手足が積み重なって
もがいた跡もなく横になっていたし。たしか出血の跡もなかった……
どうかお願いだ、すべてを明らかにすることが

君の一族にとって重要なんだ、ご婦人方にこちらに来ていただくよう
伝えてほしい。

〔ベルナルド退場

衛兵たち、マルツィオを連れて登場

衛兵　一人捕えました。

役人　閣下、こいつともう一人のごろつきが
岩の間に隠れておりました。疑いもなく
こいつらがチェンチ伯爵殺害の犯人です。
二人とも金の入った袋を持っておりました。こいつは
金の糸が織り込まれたマントを身につけていて、
月明かりに照らされ、暗い岩陰で輝いていたために
我々に発見されたという次第です。もう一人のほうは
必死に抵抗した末に殺されました。

サヴェッラ　何か自白はしたのか?

役人　頑なに沈黙を保っております。しかし、所持していた書面が
何かを語ることでしょう。

サヴェッラ
ここに書かれた言葉に偽りがないのは確かだ。

〔読む

「ベアトリーチェ嬢へ。
想像するだけでも気分が悪くなる所業、
それに対する償いがまもなく訪れますように、
お兄様の意に従い[26]、私がここに書ける以上に
言葉を話し、行為を遂行する者たちを
あなたに送ります……
あなたの忠実なるしもべ、オルシーノ[27]。」

ルクレツィア、ベアトリーチェ、そしてベルナルド登場

お嬢さん、この書面に見覚えはないですか？

ベアトリーチェ
いいえ。

サヴェッラ　あなたも？
ルクレツィア　〔この場を通じて過度に興奮した振る舞いが目立つ
そんなもの、どこにあったのですか？　何ですかそれは？　これはたしか
オルシーノの筆跡！　言葉が見つからないほど
途方もなく恐ろしいことが書かれていますが、それが原因で
この不幸な子と亡くなった父との間に
理解し難い憎しみの溝が生まれたのです。
サヴェッラ　そうですか？
お嬢さん、本当ですか、お父様が
普通の子供なら抱かない憎しみを生むほど
残酷な行為をしたというのは？
ベアトリーチェ　憎しみではありません、憎しみ以上のものでした。
これはまさしく本当です、でも、なぜそのような質問を私にするのですか？
サヴェッラ　質問を要する出来事が起きたのです。
あなたにはまだ答えていない秘密があります。
ベアトリーチェ　何とおっしゃいました？　閣下、大胆で軽率な発言ですわ。

サヴェッラ　教皇聖下の御名《みな》にかけて、ここにいる方全員を
逮捕します[28]。　あなた方はローマへ行かねばなりません。
ルクレツィア　まあ、ローマへ行くのは嫌です！　本当に私たちは罪を犯していません。
ベアトリーチェ　罪！　誰が罪のことなど言っているのですか？　閣下、
私は父親を持たずに生まれた子供よりも
親殺しにおいては潔白です……愛するお母様、
あなたの優しさと忍耐は
鋭く審判を下すこの世界、すなわち諸刃《もろは》の嘘から守る盾にはなりません、
この世界は見かけとは違うのです。なんと！　人間の法律は、
いやむしろ、その代理であるあなたたちは、
第一に報復のあらゆる機会を妨害したいのですか？
そしてその次は、天が介入し
異常な犯罪から救う自然なやり方で
あなたたちが怠ったことをしてくれるときに、
それを望んでいた犠牲者たちを
犯罪者扱いするのですか？　そちらこそ犯罪者です！　あの真っ青な顔で

震えながら立ちすくんでいる惨めな男性、
もし彼がチェンチを殺したのが本当なら、彼こそ
最も公平な神様の右手に握られた剣《つるぎ》だったのです、
どうして私がその剣を振るう必要があったのでしょうか
人間の口では言い表せない罪に対して
神様が復讐を躊躇しなかったとしたら?

サヴェッラ　あなたは
自分があの方の死を望んでいたと告白しているわけですね?

ベアトリーチェ　あの人の罪に
劣らぬ罪となったことでしょう、もし彼の死を望む激しい気持ちが
一瞬でも私の心から消え去っていたら。
事実です、父に不可解な突然の死が差し迫るのを
信じ、望み、そして祈ったのは、
そうです、私には分かっていました……神様は賢明で正しいお方ですから。
それが実際に起こったのは確かですし、最も確かなことは
それ以外にこの世の私の平穏はなく、

天国にも希望がなかったということ……さて、どうなさるつもりですか？

サヴェッラ　不思議な思いから不思議な行為が生まれるが、ここには二つとも存在する。
私にあなたを裁くことはできない。

ベアトリーチェ　　でも、もし私を逮捕するのであれば、
あなたは命の中の命[29]に対する
裁判官、そして死刑執行人になるのですよ。告発という息が
吐きかけられると、汚れのなかった世評は命を奪われ、
十分な潔白を得られずに哀れな人生を送ることになるのです、
汚れた仮面を被るように。私が残忍な親殺しのかどで
有罪になるなんて絶対に誤りです、
父が私に与えなかった慈悲を
他人の手が求めて父の魂を片付けた、
それを私が最も正当な理由から喜んだとしても。
さあ、私たちを自由にしてください。否認された罪のことで
いわれのない憶測をし、高貴な一族の名を汚すのはおやめください。
私たちの苦しみとあなた方の軽率さに、これ以上の重荷を

与えないでください。お互い、もうこれで十分でしょう。
残りの事は私たちにお任せください。

サヴェッラ　お嬢さん、それはできません。
どうぞローマに向かう支度をしてください。
そこで教皇のさらなるご意志が示されるでしょう。

ルクレツィア　ああ、ローマは嫌です！　ああ、ローマへ連れていくのはおやめください！

ベアトリーチェ　愛するお母様、なぜローマへ行くのが嫌なのですか？　ここと同じく
あちらに行っても、私たちの潔白は武装した足のように
訴えを踏みつけます。ここと同じようにあちらにも
神様はいらっしゃり、潔白な人間、傷ついた人間、そして弱い人間は
常に神様の影を身にまとっているのです、
それは私たちも同じこと。愛する女性《おかた》[30]、元気を出して、
私に任せてください、さまよう思いを落ち着かせるのです。閣下、
まずは食事をしていただき、
今回の一件を十分に理解する必要が
あるでしょうから、事が起こった場所で

ちゃんと捜査を行ってください、
それが済んだらすぐに私たちはお供いたします。お母様、大丈夫ですね？
ルクレツィア　いや！　私たちを拷問台に縛りつけ、
苦痛を与えて罪を認めさせる気よ！
そこにジャコモはいるのかしら？　オルシーノは？　マルツィオは？
皆がそろい、皆が顔を合わせる。皆が
心の中にある同じことを
互いの表情から探り合う！　ああ、なんて惨めなの！
（気絶して、運び出される
サヴェッラ　彼女は気絶した。これは悪い兆しだ。
ベアトリーチェ　閣下、
あの方はこの世の習わしをまだ分かっていません。
彼女は恐れています、権力が獲物をつかんで離さない
野獣のようであると、そして見たものすべてを罪へと変えて
自分の栄養にする蛇のようであると。
彼女には理解できません、誠実な人間の額に真実が

書き込まれたとき、盲目な権威の怠惰な奴隷たちが
いかにうまくそれを読み取るのかを。
彼女にはまだ見えていません、死すべき人間の法廷に
無罪が勝利の凱歌を揚げて立っているのが、
そして裁判官と、無罪を法廷に引きずり込んだ
邪悪な告発者が。閣下、ご支度を、
下の中庭で合流することにいたしましょう。

〔退場

第五幕

第一場　オルシーノの屋敷の一室

オルシーノとジャコモ登場。

ジャコモ　邪悪な行為がこんなにも早く済んでしまうものですか？
ああ、やった罪を虚しく罰する自責の念が
鋭い一刺しで復讐を封じるような
大きな警告の声となっていれば！
ああ、あの時間がまだ流れていたときに
神秘を隠したマントを脱ぎ捨て、その恐ろしい姿を
見せていれば！　あの時間は今、その姿をして戻ってくる
良心という猟犬をけしかけ
おびえた獲物を追い立てようとして。ああ！　なんということだ！
白髪《はくはつ》の老いた父親を殺すことは

邪悪な発想、痛ましい行為だったのだ。
オルシーノ　実際、よからぬ事態となってしまいました。
ジャコモ　神聖な眠りの扉を打ち破って
優しい自然が疲れ果てた年齢のために用意した
穏やかな死を奪い取るなんて、
悔い改めていない魂を天国から引きずり出したのだ
清めの祈りであの燃え盛る罪の人生を
鎮められたかもしれないのに……
オルシーノ　　　　　　　　　私がその行為へと
駆り立てたなんて言わないでくださいよ。
ジャコモ　　　　　　　　　　ああ、一度たりとも
あなたのその気にさせる柔和な表情の中に
邪悪な考えを映し出す鏡を見つけていなければ、一度たりとも
あなたの思わせぶりや質問に促されて
自分の心にいる怪物を見ていなければ、ついには
平気な気持ちであのような欲望を……

オルシーノ　それだから
人というのは、自分の行動がよい結果を生まないと
非難を向けるのです、行動を決断させた扇動家や、
罪を犯した弱い自分以外なら何にでも。
それより本当のことを言ってください、後悔の念で
そのような弱々しい不安を抱いているは
今ある危険のせいなのです。白状しなさい
薄っぺらな自責のマントをまとっているのは、恥辱から隠れている
恐怖心だということを。私たちがまだ無事だったらどうします？
ジャコモ　そんなことがあり得るでしょうか？　もうすでにベアトリーチェ、
ルクレツィア、そして殺し屋は監獄の中にいるのです。
こうやって話しているうちに、役人たちが
私たちを逮捕しに向かっているに違いありません。
オルシーノ　ただちに逃亡できるよう
すべて準備しました。まだ逃げられます、
私たちは間一髪のところで助かるでしょう。

ジャコモ　それなら拷問で死んだほうがましだ。
なんと！　あなたは罪を認める逃亡をして
ベアトリーチェの有罪を確定させてしまうのですか？
彼女は、この自然に反する所業の中に一人でいるのです、
まるで悪霊たちがかしずく神の天使のようだ、
凶悪な親殺しを神聖な行為に変えてしまうほどの
言語道断な悪行に復讐を与えたばかりに。
なのに私たちは見下げ果てた目的のために……オルシーノ、
あなたの言葉や表情をすべて考え
今持ち出した提案と照らし合わせた場合、
私が恐れているのは、あなたが悪人だということ。何の目的で
こんな危険な犯罪に手を染めたのですか、
暗示や身振りや笑顔で私を唆し
こんなどん底に追い込んでおいて？　あなたは嘘つきなのか？　いや、
あなたそのものが嘘なのだ！　裏切り者にして殺人者！
臆病者にして奴隷だ！　だがもういい、自分の身を守るがいい。

〔剣を抜く

憤慨するこの舌が言うのも恥ずかしい
あなたに烙印を押す理由をこの剣に語らせてやろう。

オルシーノ　武器を取るのはおやめなさい。
今やあなたのために破滅してしまった友人に対して
向こう見ずで早まった行動を取るとは、
恐怖心から来る自暴自棄のせいですか？　もし偽りのない怒りが
あなたを動かしているのなら、知っていただきたい、私が今こんな提案をしたのは
ただあなたを試したかったからなのです。私はといえば、考えてみると、
報われない愛のせいでこのような状況に至ってしまいました、
この動じない気質に後悔の念があったとしても
もう引き返すことはできません。こうやって話している間も
裁判所の使いの者たちが下で待っているのです。
わずかな時間しかありません。今もし
心配している奥様に物憂い慰めの言葉を
かけてあげたければ、裏口から抜け出して

彼らをかわすのが最善の策でしょう。
ジャコモ　おお、心優しき友よ！　どうしたらそのように私を許せるのですか？
私の命であなたの命を救うことができればいいのに！
オルシーノ　　　　　　　　　　　　その望みも
今となっては一日遅かったですね。急いでください、さようなら！
廊下に響いている足音が聞こえないのですか？　　　　〔ジャコモ退場

すまないな、衛兵どもはジャコモが出ていく門で
待ち構えている。これが俺の計画だ、
奴も衛兵も両方片付けられるからな。
考えていたのは、この新しい世界に描かれた場面の中で
真面目な喜劇を演じること、
そして他の者たちが織り成す善と悪が絡み合った
筋書きを利用して、俺自身の特別な目的を
果たすことだった。しかし、ある一つの力が湧き上がり
俺の計略の糸[1]をつかんでは、ぷつりとちょん切って

破滅に誘い込む網に変えてしまった……はっ！
〔叫び声が聞こえる
外で響き渡っているのは俺の名前か？
だが、こっちはみすぼらしい格好に変装してやる、
背中にはボロをまとい、素知らぬ顔をして、
見かけで誤った判断をする群集の中を
通り過ぎていくとしよう。たやすいことだ
捨て去ったローマで得られる名誉を
過去の欲望から作った新しい名前、新しい国、
そして新しい人生と交換することぐらいは。
これらは、変わらずにあり続ける
内に秘めたものの仮面となるだろう……ああ、恐ろしい
過去の出来事によって安らぎが得られないとは！
なぜだ、俺のやった悪事は俺以外
誰も気づいていないのに、この心にある軽蔑の念で
俺自身が苦しむことがあるのか？　この自分自身に対する非難から

逃れられる力はないのか？　俺は奴隷となってしまうのか……
何の？　言葉のか？　それは、この偽りの世界で生きる者たちが
他人に使うものであって、自分自身に使うものではない、
自分を傷つけるために短剣を持ち歩く者などいないのだ。
しかし、もしこの考えが間違っていたら、俺はどこで
自分から身を隠す衣装を見つけたらよいのだ、
これから他人どもの目から身を隠すように？

〔退場〕

第二場　法廷

カミッロ、裁判官たち、その他が座っているのが見える。
マルツィオが連れてこられる。

裁判官1　被告人、お前は否認を主張するというのか？
質問するが、お前は無罪か、それとも有罪か？

答えろ、お前がやった殺人の共犯者は
誰だ？　真実、真実のすべてを話すのだ。

マルツィオ　なんてことだ！　俺は奴を殺しちゃいない、何も知らないんだ。
オリンピオが俺にマントを売ったんだ、だからあんたたちは
俺が殺《や》ったと思っているんだろ。

裁判官2　こいつを外に出せ！

裁判官1　拷問台とキスをして白くなったその口で
嘘を言う気だな？　拷問台は尋問者としては優し過ぎたな、
自分の命と魂が引き抜かれるまで
拷問台と恋人気分でイチャつきたいわけか？　出ていけ！

マルツィオ　勘弁してくれ！　ああ、頼む！　白状するよ。

裁判官1　では話すのだ。

マルツィオ　奴が寝ているときに絞め殺したんだ。

裁判官1　誰がやらせたのだ？

マルツィオ　奴の息子のジャコモ、そして若い司教の
オルシーノが俺をペトレッラ城に送り込んだのさ。そこにいた

ベアトリーチェ嬢とルクレツィア様が
千クラウンで殺人を持ちかけてきて、その後すぐに
俺と片割れで奴を殺害したんだ。
さあ、もう死なせてくれ。

裁判官1　事実と同様、由々しい言葉だ。看守たち、そこに、
拘束している者たちを連れてこい！

ルクレツィア、ベアトリーチェ、ジャコモ、看守に連れられて登場

この男を見なさい、
彼と最後に会ったのはいつです？

ベアトリーチェ　この方とは一度もお会いしたことがありません。

マルツィオ　ベアトリーチェ嬢、十分過ぎるほど俺をよく知っているだろ？

ベアトリーチェ　あなたを知っているですって！　いつ？　どこで？　どのように？

マルツィオ　分かるだろ
脅迫と金で父親を殺すようあんたに仕向けられたのは

この俺だ。事が済むとあんたは
金の糸が織り込まれたマントを俺に着せて
繁栄を願ったじゃないか。俺様の繁栄がどうなったか、ご覧の通りだ。
あんた方、ジャコモ様に、ルクレツィア様よ、
俺が言っていることが事実だということはお分かりだろうよ。
〔ベアトリーチェ、マルツィオのほうへ進み出る。
マルツィオ、顔を伏せて畏縮《いしゅく》する
ああ、
その凄まじい怒りの視線は
死んだ地面に放ってくれ！　その視線を俺に向けないでくれ！
傷つくじゃないか。事実を言ったのは拷問のせいだ。裁判官の皆様、
もう白状したんだ、連れ出して殺してくれ。
ベアトリーチェ　哀れな人ね、同情するわ。でも、ちょっと待ちなさい。
カミッロ　看守たち、彼を退出させてはならない。
ベアトリーチェ　カミッロ枢機卿、
あなたはその優しさと賢明さで

評判のある方でいらっしゃいます。なのに、そこに立って
こんな悪意のある茶番に加担しているとは、いかがなものでしょう?
どこかの名もないおびえた奴隷が
どんな冷酷な心をも揺さぶる苦痛から引きずり出され
返答を命じられる、それも本人が信じていることではなく、
他人が推測し、誘導尋問を使って
聞き出したいような返答を。
しかも、慈悲深い神様が地獄に落ちた者にさえ容赦するような
恐ろしい拷問の危険にさらされているときにです。さあ、本当にご存知のことを
おっしゃってください、たとえ次のような状況に置かれたとしてもです、
自分の立派な体が刑車[2]の上で引き伸ばされ
こう聞かされるのです、「お前の小さな甥、
お前の人生を導く星だったあの青い目のかわいい子供[3]に
毒を盛ったと白状しろ」と。——たとえ皆が理解できるほど
その子のあまりにも早く痛ましい死から
昼も夜も、天も地も、そして時間も

さらには希望や希望から為されることすべても
非常な悲しさゆえに変わり果てたとしても、
それでもあなたは、「何でも白状します」とおっしゃるのでしょうね。
そしてあの奴隷のように、拷問者たちに対して
不名誉な死から逃れたいと懇願するのでしょうね。
枢機卿、お願いです、私の潔白を
主張してくださいませ。

カミッロ　（ひどく心動かされて
皆様、私たちはどう考えれば？
この涙よ、恥を知れ！　涙の源泉となる心を
氷のように固くしていたつもりだったが。心の中では
彼女の無罪を誓っております。

裁判官　しかし、彼女を拷問にかけなくては。

カミッロ　私自身の甥を拷問にかけていたことでしょう、
（もしあの子が生きていたら、ちょうど彼女と同じ年になる、
髪の色も彼女と同じで、目の形も

似ている、ただあの子の目の色は青く、彼女ほど深い色ではなかったが）
悲しい運命でこの世へとやって来た
最も完璧な神の愛の化身を拷問にかけるくらいなら。
彼女は、まだ口の利けない幼子のように潔白です！

裁判官　さて閣下、もし拷問を認めないのであれば、
彼女の潔白はあなたの身に委ねられることになりますよ。聖下は、
最も厳格な法の手続きによって、この恐ろしい犯罪を追及するよう
命じられました。それどころか、罪人《ざいにん》たちには
特別な対応をするようにと言われたのです。
この被告人たちは、拷問を正当化できる
証言に基づき、親殺しの罪で
ここに立っているのです。

ベアトリーチェ　どんな証言です？　この男のですか？

裁判官　いかにも。

ベアトリーチェ　（マルツィオに
近くに来なさい。潔白な人間を殺すために

この世にいる多くの人々の中から選ばれた
あなたは誰なの？
マルツィオ　俺はマルツィオ、
あんたの父親の従僕だったじゃないか。
ベアトリーチェ　その目を私の目に合わせなさい、
私の質問に答えるのです。
〔裁判官たちのほうを向いて
どうぞ、彼の表情に
注目してください。時として見えているものを
話そうとしない大胆な誹謗中傷とは反対だわ、
この男は自分が話しているものを見ようとしないのです、その代わり
視線を盲目の地面に向けているわ。
〔マルツィオに
何なの！　私が自分の父親を
殺したと言いたいわけ？
マルツィオ　ああ！

勘弁してくれ！　頭がぐらついて……話すことができない……
事実を話したのは、あの恐ろしい拷問のせいだ。
俺を連れ出してくれ！　彼女に俺を見させるな！
俺は罪を犯したどうしようもない恥知らずだ。
知っていることは全部話したんだ。さあ、死なせてくれ！

ベアトリーチェ　皆様、もし今主張されている犯罪、
すなわち皆様の疑念がこの奴隷に向けられ
拷問を使って彼に言わせた犯罪を計画するほど
私が生まれつき冷酷な人間でしたら、私の悪事を暴く
この諸刃《もろは》の証人、柄《つか》には私の名前が刻まれ
敵の世界で鞘《さや》を抜かれて横たわっている
この血に染まったナイフ、つまりこの男を
自分の死のために残しておいたと
お考えですか？　最も深い沈黙への
激しい欲求がありながら、泥棒の記憶に書かれた
秘密の管理をお墓にやらせるという

とても単純な予防策を怠ってしまったと
お考えですか？　この男の惨めな命は何なのでしょう？
多くの人々の命は何なのでしょう？　親殺しがあったとすれば
人の命は塵同然に踏み潰されていた。でもご覧ください、この男は今も生きています！
〔マルツィオのほうを向いて
さて、あなた……
マルツィオ　おい、やめろ！　もう俺に話すんじゃない！
厳しくも同情を誘うその表情、真実めいた声の調子、
拷問よりもつらい。
〔裁判官たちに
すべてを話したんだ、
ご慈悲だ、ここから連れ出して死なせてくれ。
カミッロ　看守の者たち、彼をベアトリーチェ嬢の近くに連れていきなさい、
この男は彼女の視線にひるんでいる、まるで澄んだ北の空からやって来る
肌を刺すような空気を浴びた秋の葉のように。
ベアトリーチェ　まあ、目のくらむような生と死の境目で

震えているあなた、私に答える前によく考えなさい
うろたえないで神様にお答えできるように。
私たちはあなたにどんな悪いことをしたのですか？　私はといえば、ああ！
この世界で悲しい人生を何年か送ってきて
しかもその運命は定められたものでした、父親が現れると
目覚めたばかりの人生を一瞬一瞬、雫[4]に変えて
若いときに抱く甘美な希望を毒していったのです。そしてその後
一撃で突き刺してしまいました、私の永遠なる魂を、
私の汚れのない世評を、そして
心の中の心の真ん中で眠っている平安でさえも。
でも、それは致命傷ではありませんでした。ですから、私の抱いた憎しみは
我々の偉大なる父[5]に捧げる唯一無二の崇拝心へと
変わったのです。そして、その御方は憐れみと愛をもって
あなたに力を与えられました、あなたが言うように、あの人を殺すために。
その結果、あの人の悪行が私への告発に変わってしまったのです。
あなたが告発者なのですか？　もしあの世で

慈悲を望むのなら、この世で正義を見せなさい。
血に染まった手よりも悪いもの、それは頑なな心です。
もし数々の殺人を犯し、神様と人間の法を踏みつけて
人生の道を作ってきたのなら、
審判者[6]の前で慌てずに、このように言うのです、「私の創造主よ、
あの行為を、そしてそれ以外のことをやったのはこの私です。なぜなら
この世で最も純粋で潔白な人間がいたからです、
罪を犯した人間も潔白な人間も
一度も耐えたことのないことを彼女が耐えたからです。
彼女が受けた仕打ちは語られず、想像もされませんでした、
でもついに、彼女はあなた様の手によって救われたのです。
なのに私は、言葉によって彼女とその親族をすべて殺してしまいました」と。
いいですか、よく考えるのです、人々の心の中に生きている
私たちの由緒ある家柄や、汚れなき名誉に対する尊敬の念、
それを破壊することがどういうことなのかを！
考えなさい、裏表のない表情を信じてあやされた

幼い同情心を絞め殺して、
耐えるべき罪となることがどんなことか。考えなさい、
潔白に見える者、そして本当にそうである者すべてを
不名誉と血で汚すことがどんなことなのか、
偉大なる神様、聞いてください！　最も潔白であることを誓います、
したがって、狡猾で獰猛《どうもう》で手に負えない犯罪者の眼差しと
質問に答えるようこの人に迫っている
眼差しとの区別が、この世界からすべて
失われているのです。私は親殺しですか、
それとも間違いなの？
マルツィオ　　　　間違いだ！
裁判官　　　　　　　　それはどういう意味だ？
マルツィオ　ここに宣言する、俺が罪を着せた者たちは
潔白だ。罪を犯したのはこの俺だ。
裁判官　こいつを引きずり出して拷問にかけろ、
巧妙かつ延々とやるのだ、心の奥底にあるとぐろを巻いた部屋を

引き裂くまで。こいつが自白するまで
解いてはならぬ。
マルツィオ　好きなようにやってくれ。
もっと強烈な痛みが、俺の最後の一息から
崇高な真実を絞り出したんだ。彼女はまったくの潔白だ！
猟犬どもめ、お前らは人間じゃねえ、思う存分俺を喰うがいい、
だがな、この美しい自然の産物を八つ裂きにして台無しにするなら
渡しはしないぞ。
〔マルツィオ、看守に連れられて退場
カミッロ　さあ皆様、何かご意見は？
裁判官　拷問で真実を絞り出しましょう、凍った風で
徹底的にふるいにかけた雪のように、白い真実が出るまで。
カミッロ　でも、すでに血で汚れています。
裁判官　お嬢さん、この紙をご存知かな？　〔ベアトリーチェに
ベアトリーチェ　尋問で私を罠にかけないでください。私の告発者として

そこにいるのはどなたです？　はっ！　裁判官のあなたが
今度は告発者ですか？　告発者、証人、裁判官、
なんと、すべてを一人でなさる気ですか？[7]　ここにオルシーノの名前がありますが、
オルシーノはどこです？　彼の目と私の目が合う機会を与えてください。[8]
この殴り書きは何？　まあ！　あなた方はこれが何なのかご存知ない、
そんな理由であなた方は、これが何かよからぬものだと
危険を感じ、私たちを殺すつもりですか？

役人登場

役人　マルツィオが死にました。
裁判官　奴は何か言っていたか？
役人　何も。刑車に
縛りつけたとたん、我々に笑みを浮かべました、
賢い敵の裏をかいた者のように。
そして息が止まり、死にました。

裁判官　残されたのは
捕えた者たちに尋問することだけだ、
なかなか口を割らない連中だが。

カミッロ　これ以上の訴訟手続きは
無効にし、こちらにいらっしゃる
極めて潔白で高貴な方々のために
教皇聖下に対して私の権利を行使したい。

裁判官　教皇のご意志が為されますよう。その間
被告人たちを別々の牢屋に入れておけ、
拷問の準備もするのだ。今夜の裁判に関して
教皇のご決断がこれまでのように厳粛で、
敬虔で、[9] 公平なものなら、彼女たちの神経と肉体から
真実を絞り出してやりましょう、一つ一つうめき声を上げさせながら。

〔退場〕

第三場　監獄の牢屋

ベアトリーチェが寝床で眠っているのが見える。ベルナルド登場。

ベルナルド　眠りが、なんと優しくお姉様の顔に横たわっていることか、
まるで穏やかに過ごした日の最後の記憶が
夜と夢の中で終わりを迎え、まだ残っているかのようだ。
昨夜、拷問に耐え忍んだ後で
彼女の息が、なんと柔らかく軽やかに感じられることか。ああ、僕はといえば！
もう二度と眠れそうにない。
やりたくないが、この咲く前の美しい花から、天国のような安らぎの露を
振り落とさなければ、このように……起きて！　起きてください！
さあ、お姉様、眠っているのですか？
ベアトリーチェ　（目を覚まして
ちょうど見ていたの
私たちが皆で天国にいる夢を。分かるでしょ

私たちの父親が存在して以来、この牢屋は
天国だと言ってもいいわ。
ベルナルド　そんな、愛するお姉様、
その夢が夢でありませんように！　ああ、神様！
どのように伝えればよいのでしょう？
ベアトリーチェ　かわいい弟、何を伝えたいの？
ベルナルド　そんな穏やかで幸せな顔をしないでください、こうやって
言わなければならないことを考えているうちに
心が破裂してしまいます。
ベアトリーチェ　さあご覧、あなたを思うと涙が出るわ。
愛しい子、もし私が死んだら、あなたはどんなに孤独に
なってしまうことか。言わなければならないことがあるなら言いなさい。
ベルナルド　二人が自白したのです[10]、これ以上
拷問に耐えられなくなって……
ベアトリーチェ　えっ！　どんな自白があったというの？
拷問者を喜ばせるために、愚かで不名誉な嘘を

ついたに決まっているわ。あの人たちは
自分たちが罪を犯したと言ったのですか？　ああ、白い無罪よ、
お前が有罪の仮面を被り
その恐れ多くも穏やかな顔を
お前を知らぬ者たちから隠してしまうとは！

　　　　裁判官、看守に連れられたルクレツィアとジャコモ登場

　　　　　　　　　　　　恥ずべき心を持った者たち！
痛みによるつかの間の痙攣《けいれん》は、それを感じる手足と同じくらい
はかないものに過ぎないのに、そのために
長きにわたる高き栄光を塵に埋もれさせたのですか？
この世の評判という霧の上で太陽のように存在するはずの
永久《とわ》の名声が、物笑いの種や嘲りの的[11]に
変わってしまうのですか？　なんということなの！
馬の後ろ足に引きずられるためにその体を

引き渡す気ですか？　そうなったら、私たちの髪の毛は
冷淡で愚かな群集が歩く地面をかすめることになり、
群集はといえば、私たちの悲運を
神への崇拝や見世物にするかもしれず、
自分たちの心と同じように教会と劇場を
空っぽにしてしまうことでしょう。[12]　軽薄な群集は
勝手気ままに、死ぬために前を通る私たちに向けて
呪いの言葉、わずかな憐れみ、あるいは
生きた屍に手向ける悲しい弔いの花を投げ捨て、
そして残す……生前の私たちのどんな記憶を残すのでしょうか？
醜聞、流血、恐怖、絶望？　ああ、あなた、
親を失った者たちの母親だったお方、
自分の子を殺してはなりません！　その子の不幸によって自分を殺してはなりません！
お兄様、私と一緒に拷問台の上に横になってください、
そしてお互い、亡骸のように黙っていましょう、
そのうち、台の上もお墓と同じように心地よいものとなるでしょう。

恐怖から搾り取れるのは偽りの言葉だけ、
それが拷問台を残酷にさせるのです。

ジャコモ　お前も最後には
真実をもぎ取られるぞ、あの残酷な痛みによって。
お願いだ、罪を犯したと言ってしまうんだ。

ルクレツィア　ああ、真実を言ってちょうだい！　私たち皆を早く死なせて。
死んでしまえば、私たちの審判者は神様よ、あの人たちじゃないわ。
神様は私たちに慈悲をお与えになるのよ。

ベルナルド　もしそれが
本当なら、愛するお姉様、真実を言ってください。
そうすればきっと教皇がお許しくださり、
そしてすべてがうまくいくでしょう。

裁判官　自白するのだ、さもないとその手足を
ねじ曲げてやるぞ、あの凄まじい拷問で……

ベアトリーチェ　拷問！　これからは
拷問台を糸車に換えなさい[13]！

拷問は自分の犬にするのです、そうすれば、飼い主が流した血を
最後に舐めたのがいつか教えてくれるかも……でも私には無理よ！
私の抱く激しい痛みは気持ちの中に、心の中に、
そして魂の中にあるのです。そう、最も奥深くにある魂に、
そこでは、苦しみで煮えたぎった涙が流れています
真実など存在しないこの邪悪な世界で見捨てられ
自分たちを偽っている一族を目の当たりにして。
よく考えてみると、私が歩んできた
惨めな人生、そしてこのような惨めな結末、
天と地によって私や家族に示された
わずかな正義、あなたがなんという暴君で、
私たちがいかに奴隷となっているか、なんという世界を私たちは作り上げているのか、
迫害する者と迫害される者[14]の世界……このような激しい痛みが私に言葉を
吐かせようとしている。私に望んでいるのは何ですか？

裁判官　あなたは父親殺しの罪を犯していないのか？

ベアトリーチェ　むしろ、天で裁きを下す神様を

非難してはいかがでしょうか、私がこれまで耐え忍び
神様ご自身もご覧になっていた行為を許したという理由で、
その行為を口に出せないものにし
あなたが父の死と呼ぶものだけを残して
あらゆる避難所、あらゆる復讐、あらゆる結末を奪ったという理由で?
父の死を人々が犯罪と呼んでも、呼ばなくても、
それに私が関与したとしても、しなかったとしても、
あなた方の望むことを言ってください。もう否認はいたしません。
あなた方に要望があれば、そのようにいたしましょう、
それですべてが終わるのです。さあ、望み通りにしてください、
どんな痛みも、私から言葉を引き出すことはありません。

裁判官　彼女の有罪は確定した、自白はしていないが。
これで十分としよう。最後の刑が執行されるまで
誰も面会させてはならない。そこの坊や、
もうここにいてはならない!

ベアトリーチェ　ちょっと、この子を引き離すのはやめて!

〔ベアトリーチェに抱きついて

裁判官　看守たち、任務を果たすのだ。

ベルナルド　ああ！　魂から体を
引き離すつもりですか？

役人　それは死刑執行人のする仕事だ。

〔ルクレツィア、ベアトリーチェ、ジャコモ以外、全員退場

ジャコモ　俺は自白したのか？　すべてが終わってしまったのか？
希望はない！　避難する場所も！　ああ、俺を破滅に追いやった
愚かで不名誉な舌め、始めにお前を切り落として
犬どもに喰わせておけばよかった！　まず父親を殺し、
次に妹を裏切ってしまったなんて、
そう、お前のことを！　この暗黒の罪深き世界、
すなわち俺に相応しいこの世界で
たった一つの純粋で無垢な存在よ！　俺の妻よ！　俺の小さな子供たちよ！
貧困に苦しみ、何の救いもない、そして俺は……父なる神よ！
私を許さぬ者たちを許してくださいますか、

彼らの心は重荷で張り裂けているのです、このように、このように！……
〔顔を伏せて泣く
ああ、我が子よ！

ルクレツィア
なんと恐ろしい末路に皆で来てしまったの！
なぜ私は屈してしまったの？　なんであんな拷問に
耐えきれなかったの？　ああ、体のすべてが溶けて
この流れ落ちる無駄な涙と一つになれたら、
流れるだけで何も感じないこの涙と！

ベアトリーチェ
愚かな行為だったのです、
でも嘆くのはもっと愚かなこと、一旦こうなってしまっては。
元気を出して！　私が受けた仕打ちを知り
私たちの素早い行動をもって怒りの使者とされた神、
そんな神も、私たちを見捨ててしまったようです。
こんなことで死んでいくなんて考えるのはやめましょう。
お兄様、私の近くに座ってください。そのしっかりした手をこちらに、
男らしい心をお持ちでしょ。さあ！　元気を出して！

さあ、親愛なる女性《おかた》、その優しいお顔を
私の膝に乗せて、しばらく眠ってください。
あなたの目は、警戒心と長引く悲しみで
力がなく、くぼんで、疲れ果てています。
さあこちらへ、穏やかで眠気を誘う調べを歌ってあげましょう、
愉快なものではありませんが、悲しくもありません。退屈な昔の歌で
歌い古され、忘れられた単調な調べ、
田舎の老女たちが糸を紡ぎながら歌い
生きることを忘れられるような歌です。さあ横になって！
はい、そのように。歌詞を忘れてしまったかしら？
あら！　思っていたよりも悲しい内容だったわ。

歌[15]

偽りの友よ　微笑むの　それとも涙を流すの
私の人生が眠りに就いたときに？
微笑みも涙も何の意味もないわ

柩《ひつぎ》にある土のように冷たい亡骸にとっては！
　さようなら！　ああ！
　この低い囁《ささや》きは何？
愛しい人よ　あなたの笑顔の中に蛇がいる
そして涙には苦い毒が混ざっている

甘い眠りよ　死がお前のようだったら
それともお前に死が訪れたら
痛いこの目を閉じましょう
目を覚ますのはいつ？　もう二度と
　ああ　世界よ！　さようなら！
　死を告げる鐘の音《ね》を聞いて！
鐘は言っている　あなたと私は別れなくてはならない
一方は軽く　もう一方は重い気持ちで

〔場が閉じる

第四場　監獄にある大広間

カミッロとベルナルド登場。

カミッロ　教皇は厳格だ、動じる気配すらない。
まるで何をやっても許される
殺人の拷問器具のように
物言わず鋭い表情をしていた。あの大理石のような姿は、
儀式、法律、風習を具現化している、人間ではない。
彼女たちを擁護する書面を出した弁護士たちには
顔をしかめられ、そのしかめた顔は
機械仕掛けのようだった。教皇は書面を破って
後ろへ投げ捨てると、しゃがれた耳障りな声でこう呟《つぶや》かれた、
「寝ている間に殺された老齢の父親を守った者が
お前たちの中にいるのか?」と。そしてある弁護士に対しては、「お前は
自分の役職に基づいてこのようなことをしているのだな、結構」と言われた。

その後、私のほうを振り向いて非難の眼差しを向けられると、
冷たく次の言葉を発せられたのだ、「彼女らは死なねばならない。」
ベルナルド　そう言われても立ち去らなかったのですか？
なおも説得を続けたよ、
カミッロ
自然に反する君の父親を死に追いやったのは、
推測する限り、彼の悪魔的な所業のせいだと主張したんだ。
すると教皇は次のように返答された、「昨晩、
パオロ・サンタ・クローチェが母親を殺害し
逃亡中である。[16] 親殺しがこれほど蔓延すると
いずれ若者たちが、きっと正当な理由を作り上げ、
椅子でうたた寝をしている親たちを全員、絞め殺してしまうだろう。
権威、権力、そして白髪頭というものが
死刑に値する犯罪を増やしていくのだ。お前は余の甥だが[17]
あの者たちの恩赦を請うためにここいる。ちょっと待つのだ、
ここに死刑宣告書がある。すべての刑が忠実に執行されるまで
二度とここに現れるのではない」と。

ベルナルド　ああ、神様、そんなはずは！　今の話はすべて
嬉しい知らせの前置きに過ぎないと
強く信じていたのに。ああ、どんな頑なな決意でも変えられる
言葉や態度があるものです！　前はその術《すべ》を覚えていたけれど
こんな肝心なときに思い出せないなんて。
どうでしょう、もし僕が教皇を見つけ出し、教皇の衣服や
足元に熱くて苦い涙を浴びせたとしたら？
しつこく嘆願をし、ひっきりなしに泣き叫んで
気分を害させ、最後には教皇がお怒りになって
僕を杖[18]でぶち、ひれ伏す僕の頭を
踏まれるのです、そうすれば教皇の足元にある
心を持たない塵の上に血が流されることになり、
良心の咎《とが》めから慈悲が生まれるのではないでしょうか？　それをやってみよう！
どうか、戻ってくるまで待っていてください！
〔急いで出ていく
カミッロ　なんと！　哀れな少年よ！

難破する船に乗った水夫は、あのように耳を傾けない海に
救いを願うのだろうか。

ルクレツィア、ベアトリーチェ、ジャコモ、看守に連れられて登場

ベアトリーチェ　正当な恩赦以外の知らせを
お持ちになることを恐れてなんかいませんわ。
カミッロ　教皇は私の願いに情けを示されなかったが、
天にいらっしゃる神には、教皇の願いに情けをもって応じてほしいものだ。
これがあなたたちに対する死刑宣告書と令状です。
ベアトリーチェ　まあ、（取り乱して
神様！　こんなにも早く死ななければならないなんて
あり得るのでしょうか？　こんな若いのに
暗く、冷たく、体を腐らせ、蛆虫が待つ地下へと向かうなんて！
狭い場所に釘で打ち付けられ、

すがすがしい太陽の光を見ることもなければ、生き物たちの
陽気な鳴き声を聞くこともない。いつも抱いていた思いに
耽ることもできないわ、悲しいものだったけれど、このように失われてしまう——
なんと恐ろしい！　無となってしまうなんて！　それとも……
何なの？　ああ、私はどこにいるの？　気が変になるわ！
慈悲深き天よ、この弱り果てた思いをお許しください！　もしこの空虚な世界に
神も、天も、地も存在しなかったとしたら、
広く、灰色に染まり、明かりもなく、深くて、孤独な世界だったとしたら！
そしてすべてのものが……父の亡霊、
私に付きまとったあの人の眼差し、声、感触、
死に等しい私の人生に存在する環境や空気だったとしたら！
もし時々、あの人によく似た姿が、
この世で私を苦しめた
灰色の髪と皺をまとったまさにあの姿が、ここへとやって来て
悪魔のような腕で私を抱きしめ、目と目を合わせながら
下へ、下へ、下へと引きずり下ろしたとしたら！

だって、あの人の強大な力は、この世にいたときだけでなく
今でもずっと続いているではありませんか？　たとえ死んだとしても、
あの人の魂は息をするすべての者の中に存在し、
これまでと同じ破滅、軽蔑、苦痛、絶望を
私や家族にもたらしているではありませんか？　今までにいたでしょうか
踏み入ることのできない死の世界にある法を伝えに、この世へと戻ってきた者が？
その法は恐らく、私たちをこのように追い込んだ法と同じく不正なものです、
ああ、次はどこに、どこに追い込まれるのでしょう？

ルクレツィア　神様の慈悲深い愛を信じるのよ、
イエス様の情け深い約束[19]を。夜が来る前に
私たちは楽園にいると思いなさい。

ベアトリーチェ　そんな思いはなくなりました！
何があったとしても、これ以上、心が沈むことはありません。
でも、なぜだか分かりませんが、お母様の言葉が冷たく感じられます。
すべてのことが、なんと退屈で、偽りで、冷たく感じられることか。私は
この世界で多くの不正を経験しました、

違いなど何もありません、神も、人間も、
この惨めな運命を形作るどんな力も、
善も悪も、この私に関する限りは。
私の知る唯一の世界から切り離されたのです
甘美な青春の真っ只中にある光、命、そして愛から。
神を信じなさい、というお母様の言葉は正しいです、
できることなら私も信じたい。他に何が
信じられるでしょう？　それでも、私の心は冷たいままです。
〔ジャコモ、この台詞の後半でカミッロと話しながら後ろに下がっていたが、
カミッロが立ち去ると前に出る

ジャコモ　お母様、知らないのですか……妹《ベアトリーチェ》、知らないのか？
ちょうど今、ベルナルドが教皇のもとへと赴いて
我々の恩赦をお願いしているのです。

ルクレツィア　息子《ベルナルド》、恐らく
受け入れてもらえるわ。私たちは皆で生き長らえ
今の苦悩も遠い昔の話として語る日がやって来るわ。

ああ、なんという思い！　まるで熱い血潮のように
　心の中で噴き出しているわ。

ベアトリーチェ　その思いも血潮も、もうすぐ冷たくなります。
そんな思いは踏み消してください！　絶望よりも恐ろしく
死の苦しみよりも恐ろしいもの、それは希望です。
希望は、私たちの下でぐらつく
目をくらませ、残酷で、わずかしかない時間の中に
居場所を見つけるたった一つの災い。突然降りてくる霜に懇願してください
春に最初に咲いた花を枯らさないようにと。
目を覚まそうとする地震に懇願してください、今でこそ
地震の床《とこ》の上で、町は頑強で、美しく、自由な状態でいますが、
悪臭と闇が死のように大きな口を開けているのです。さあ、懇願するのです
飢餓に、風に乗ってやって来る疫病に、
目の見えない稲妻に、耳の聞こえない海に、人間では駄目です！
残酷で、冷たく、型通りの人間、言葉は高潔でも
行いはカイン[20]と同じ。いいえ、お母様、私たちはきっと死ぬのです。

それが潔白な命に対する返礼であり、
最もひどい仕打ちを和らげる術《すべ》なのです。
一方、私たちを殺した者たちは生き続け、無情で冷たい人間たちは
微笑み、そして落ち着き払いながら、涙に満ちたこの世界を歩んで
普段の眠りのように死へと向かっていくのです。そうであれば墓の中は
私たちにとって未知なる喜びとなるでしょう。来て、暗黒の死よ、
すべてを抱きしめるあなたの腕で私を連れ去ってちょうだい！
優しい母親のようにその胸の中に包み込んで、
誰も目を覚まさない眠りへと寝かしつけてちょうだい。
生ける者たちよ、生きるがいい、かつての私たちのように
頼り合いながら、でも今は……

ベルナルド、急いで入ってくる

ああ、恐ろしい！

ベルナルド
嘆願の中に注がれたあの涙、あの表情、あの希望、

心が空《から》になり、絶望するまで注いだこれらのものが
すべて無駄だったなんて！　死を司る使者たち[21]が
ドアのところで待っています。その一人の顔には
血が塗られていたように見えたが……あれが空想だったら？
まもなく、この世で愛する者すべての心臓を流れる血が
その使者に浴びせられ、雨で濡れたかのように
拭い取られてしまう。ああ、人生よ！　ああ、世界よ！
僕を覆ってください！　これ以上、この世にいさせないでください！
汚れのない潔白を完璧に描き出す鏡、
僕はそれを見つめ、幸福で善良な人間に育ちました、
その鏡が粉々になるのを見るなんて！　ベアトリーチェ、あなたのことです、
見るものすべてを愛らしいものへと変えた人……
あなたは命の光……それが死に、闇になる！　このようにお姉様と呼んでいる間に
自分の姉を失うのを耳にするとは。そしてお母様、
僕たちの愛にとって、あなたの愛は絆の役割を果たしました……
それが死ぬ！　その優しい絆が断たれてしまうなんて！

カミッロと看守たち登場

彼らが来た！　その温かい唇に
キスをさせてください、その赤く染まった二つの葉が
枯れてしまう前に……白く……冷たくなって。さようならと言ってください
死がその優しい声を詰まらせる前に！　さあ、あなたの声を
聞かせてください！

ベアトリーチェ　心優しい私の弟、さようなら。私たちの悲しい運命を
憐れみをもって思い出してちょうだい、今のようにね。
そして、その重荷のような悲しみを、人を思いやる温和な心で
軽くするのよ。つらい絶望の中をさまよっては駄目、
涙を流す心と忍耐を持ちなさい。ねえ、それからもう一つ、
自分自身のためにも、あなたが私たちに抱いた愛情に
忠実でありなさい。そして私が、
罪と恥辱の異常な雲に覆われていたけれど、
ずっと清く汚れのない心で生きたことを信じるのです。たとえ

心ない言葉が私を中傷し、共通する私たちの名前が
烙印のように潔白なあなたの額に押されて
通りがかりの人たちに指差されたとしても、いいですか
我慢するのです、決して冷たい気持ちを
抱かないでちょうだい、墓の中であなたを愛する人たちに対して。
あなたが死ぬとき、私が死ぬときと同じように、恐怖と痛みが
鎮められますように。さようなら！　さようなら！　さようなら！

ベルナルド　さようならなんて言えません！

カミッロ　ああ、ベアトリーチェ嬢！

ベアトリーチェ　親愛なる枢機卿、必要のない苦しみを
自分自身に与えてはいけません。さあ、お母様、私のために
帯を締めてください、この髪を簡単に
結んでください、はい、これで大丈夫。
次はお母様の番ね。これまで何回
互いに髪を結び合ったことでしょう、もう二度と
することはないのね。枢機卿、

ちゃんと準備は整いました。さあ、これで大丈夫。[22]

完

訳注

献辞

1　**リー・ハント様**　イギリスの随筆家・批評家・詩人であるジェイムズ・ヘンリー・リー・ハント James Henry Leigh Hunt（一七八四〜一八五九）。一八〇八年に兄のジョン・ハント John Hunt（一七七五〜一八四八）と共に急進的な雑誌『イグザミナー』*The Examiner* を創刊し、同誌上でシェリーや彼と同じくイギリス・ロマン主義の詩人ジョン・キーツ John Keats（一七九五〜一八二一）を紹介した。この献辞の中でシェリーは、自分の詩を擁護し、また自分からの財政的な援助を快く受け入れてくれたリー・ハントに対して感謝の気持ちを表している。

2　**ある遠く離れた国**　イタリアを指す。

3　**私がこれまでに出版してきた作品**　シェリーはこれまで、『マブ女王』*Queen Mab; A Philosophical Poem with Notes*（一八一三）、『アラストー』*Alastor; or, The Spirit of Solitude*（一八一六）、『レイオンとシスナ』*Laon and Cythna; Or, The Revolution of the Golden City: A Vision of the Nineteenth Century. In the Stanza of Spenser*（一八一七、『イスラムの反乱』*The Revolt of Islam; A Poem, In Twelve Cantos* と改題されて一八一八年に再出版）といった作品を世に送り出している。

4　**人間が持つに相応しいもの**　人間が持つべき美点を意味する。

5　**家庭と政治にある……許さない敵意**　リー・ハントが摂政皇太子 Prince Regent（在位一八一一〜二〇、後のジョージ四世 George IV〔在位一八二〇〜三〇〕）を非難したかどで、一八一三〜一五年に兄ジョンと共に投獄されていたことを示唆している。

6　**一八一九年……ローマにて**　これは、詩人が『チェンチ一族』の執筆を開始した時期と場所を指しており、作品をリー・ハントに送ろうとした時期とは異なっている。一八一九年の春、ローマで「ベアトリーチェの肖像画」やチェンチ宮に触れたことによって、『チェンチ一族』執筆の着想を得たことが示されている。

序文

1　**ある写本**　シェリーが劇作の種本にしたこの写本は現存していないが、彼の妻で小説『フランケンシュタイン』*Frankenstein; or, The Modern Prometheus*（一八一八）の作者メアリー・ウルストンクラフト・シェリー Mary Wollstonecraft Shelley（一七九七〜一八五一）がこの写本を翻訳（英訳）した「チェンチ一族の破滅にまつわる物語」"Relation of the Death of the Family of the Cenci" から、その概要を知ることができる。

2　**一五九九年に……就いていた時代**　ローマ教皇クレメンス八世 Clemens VIII の在位期間は一五九二年から一六〇五年まで。本名はイッポリト・アルドブランディーニ Ippolito Aldobrandini。彼の治世は対抗宗教改革に支えられ、オラトリオ会の創設者であるフィリッポ・ネリ Filippo Neri（一五一五〜九五）やフランスの宗教家フランソワ・ド・サール François de Sales（一五六七〜一六二二）の活動を支持し、カトリックに改宗して後にナントの勅令（一五九八）を出すフランス王アンリ四世 Henri IV（在位一五八九〜一六一〇）を赦免した。一五九八年には、エステ家が所有するフェラーラ公国を編入して教皇領を拡大させた。

3　**一〇万クラウン**　クラウンは通貨の名称。

4　**教皇は……あったのかもしれない**　シェリーは注の中で、「教皇庁は以前、自分たちの不正や弱体化を悲劇的に示す事実が公にならないよう尋常ならぬ警戒措置を取っていた。そのために、この写本が出回ることはごく最近まで困難であった」と言っている。

5　**グイドが描いたベアトリーチェの肖像画**　作者がイタリア・バロックの画家グイド・レーニ Guido Reni（一五七五～一六四二）で、モデルがベアトリーチェ・チェンチだとされていたこの肖像画に関しては、訳者解説（二二三～二二四頁）を参照。

6　**最も深遠で……二つの演劇**　『リア王』*King Lear*（執筆一六〇五～〇六?）は、イギリスの劇作家で詩人のウィリアム・シェイクスピア William Shakespeare（一五六四～一六一六）が書いた四大悲劇の一つ。シェリーは詩論『詩の擁護』*A Defence of Poetry*（一八四〇、執筆一八二一）の中で、『リア王』を最も優れた劇作品として賞賛している。「オイディプス王の物語が語られる二つの演劇」とは、古代ギリシアの悲劇詩人ソポクレス Sophocles（前四九六?～前四〇六）が書いた『オイディプス王』*Oedipus Tyrannus* と『コロノスのオイディプス』*Oedipus Coloneus* を指す。

7　**道徳的意図**　『チェンチ一族』の執筆と同じ時期に執筆していた詩劇『鎖を解かれたプロメテウス』*Prometheus Unbound*（一八二〇）の序文の中でシェリーは、「私は教訓的な詩を嫌悪する」と言っている。

8　**教義**　キリスト教の教義を示唆していると思われる。

9　**詭弁**　「詭弁」と訳した“casuistry”は決疑論のことであり、一般的に広がっている宗教観や倫理観によってある行為の正当性を決定するという考え方である。シェリーはこの言葉を『鎖を解かれたプロメテウス』の序文の中でも使っており、イギリスの詩人ジョン・ミルトン John Milton（一六〇八～七四）の『失楽園』*Paradise Lost*（一六六七）に登場する「サタンの性格が心の中に有害な詭弁を産み出し、我々に彼の欠点の大きさと苦難の大きさを比較させ、後者があらゆる程度を超えているために前者を許すように仕向けるのだ」と言っている。ここでシェリーは、復讐ではなく愛によって悪に打ち勝つ主人公プロメテウスとミルトンのサタンを比較しているが、これら二人の登場人物とベアトリーチェを比較する研究者も多い。

10 **悔悛**　過去の過ちを悔い改めて、神の赦《ゆる》しを求めること。告解。悔い改め。

11 **チェンチ自身も……ミサを行っていた**　「チェンチ一族の破滅にまつわる物語」によると、チェンチ伯爵が自分の敷地内に教会を建てた理由は、忌み嫌う自分の子供たちをそこに葬るためであった。この物語では、チェンチ伯爵は無神論者とされており、「頑迷に信心深く」描かれているシェリーの作品の人物とは異なっている。「使徒の聖トマス」とはイエス・キリストの十二使徒の一人で、イエスの復活を本人が目の前に現れるまで疑った（新約聖書『ヨハネによる福音書』第二〇章二四～二九節参照）。この「疑い深いトマス」に捧げて教会を建てたところに、チェンチ伯爵の性格が暗示されている。

12 **告白**　自分の罪を神の前で打ち明けて、悔い改めをすること。

13 **峡谷の描写**　シェリーは注の中で、「この台詞の着想は、カルデロンの『聖パトリックの煉獄《れんごく》』の非常に崇高な一節から得ている。すべての部分において意図的に行った唯一の剽窃である」と言っている。ペドロ・カルデロン・デ・ラ・バルカ Pedro Calderón de la Barca（一六〇〇～八一）はスペインの劇作家で、『チェンチ一族』の執筆時期にシェリーは、友人のマライア・ギズボーン Maria Gisborne（一七七〇～一八三六）にスペイン語を学びながら彼の作品を熱心に読んでいた。「峡谷の描写」は、カルデロンの『聖パトリックの煉獄』*El Purgatorio de San Patricio*（執筆一六二八？）第二幕にある地獄の入口の描写を模して書かれている。

14 **我々は真の共感を……**　ここで展開される詩論、すなわち詩人は「人々が慣れ親しんでいる言葉」または「普通の人々が使っている現実の言葉」を使うべき、という考えは、リー・ハントの『リミニ物語』*The*

Story of Rimini（一八一六）の序文、そしてイギリス・ロマン主義の詩人であるウィリアム・ワーズワスWilliam Wordsworth（一七七〇〜一八五〇）とサミュエル・テイラー・コールリッジSamuel Taylor Coleridge（一七七二〜一八三四）の『抒情歌謡集』*Lyrical Ballads* 第二版（一八〇〇）に付されたワーズワスによる序文からの影響が見られる。「人々が使っている現実の言葉」という部分はワーズワスの言葉がそのまま借用されている。

15　**我々の偉大な……詩人たち**　とくにシェイクスピアのことを指しているのは、本作を読めば明らかである。

16　**仮面とマント**　シェリーは『詩の擁護』の中で、「ダンテと彼のライバルであるミルトンが理想化した見えないものの歪《ゆが》んだ概念は、これらの偉大な詩人たちが永遠の中を歩くときに身にまとって変装するための仮面とマントに過ぎない」と言っている。「見えないものの歪んだ概念」とは、イタリアの詩人ダンテ・アリギエーリDante Alighieri（一二六五〜一三二一）の『神曲』*La Divina Commedia*（執筆一三〇八〜一二一?）とミルトンの『失楽園』にある描写を意味している。

17　**パラティーノの丘**　ローマの七丘の一つで、古代ローマの政治や経済の中心地だった。帝政期には初代ローマ皇帝アウグストゥスGaius Julius Caesar Octavianus Augustus（在位前二七〜後一四）をはじめ、皇帝や貴族の宮殿が数多く建造された。

18　**ペトレッラ城**　ペトレッラ城は、ローマから北東へ九〇キロほど離れたリエーティ県ペトレッラ・サルトにあり、現在は「チェンチの城塞」として知られている。劇の舞台となった一六世紀末は、教皇領を越えたナポリ王国領内にあった。

登場人物

1 **ローマ教皇特使**　教皇領の外に派遣される使者、ローマ教皇の遣外使節。
2 **衛兵たち**　「衛兵」と訳した“guard”は、法廷と監獄の場面では「看守」と訳した。
3 **アプリア地方**　シェリーは誤って、ペトレッラ城をイタリア南東に位置するアプリア地方に置いている。

第一幕

第一場

1 **あの殺人の一件**　「チェンチ一族の破滅にまつわる物語」では、チェンチ伯爵は殺人ではなくソドミーで三度、罪に問われている。
2 **ピンチアーナ門**　ローマにある城壁の門の一つで、三世紀後半にアウレリアヌス帝 Lucius Domitius Aurelianus（在位二七〇～七五）によって作られた。ヴェネト通りの北端、ボルゲーゼ公園の一角へと続いている。
3 **教皇聖下**　ローマ教皇クレメンス八世を指す。クレメンス八世については序文の訳注2を参照。
4 **教皇の甥**　当時、ローマ教皇は自分の私生児のことを「甥」と呼んで特権を与えていた。このような行為をネポティズム nepotism と呼んでいる。カミッロ枢機卿も教皇の甥である（第五幕第四場二四行参照）。
5 **使徒ペテロ**　イエス・キリストの十二使徒の一人で、イエスに十二使徒中の首位権を与えられた。ローマ教皇は、初代教皇と称されるペテロの後継者として、ローマ・カトリック教会のすべての司教と信徒の上に立つ首位権を与えられている。

6　**私は、闇の心と……あなたです**　ここで語られるチェンチ伯爵の成長過程は、シェイクスピアの『リチャード三世』*King Richard III*（執筆一五九二〜九四？）第四幕第四場一七〇〜七三行、「学校に通っていたころは周りを怖がらせ、向こう見ずで、乱暴で、獰猛《どうもう》だった。／大人の盛りには図太く、大胆で、危険も顧みない。／円熟期を迎えると高慢で、陰険で、ずる賢く、残虐、／憎しみの中に優しさがあり、穏やかになればそれだけ有害」を想起させる。シェイクスピアのリチャード三世もチェンチ伯爵と同様、残虐な性格を持った人物として描かれている。

7　**アルドブランディーノ**　ローマ教皇クレメンス八世の家系名。ここでは教皇本人または一七行に出てくる教皇の甥を指している。

8　**俺の欲望よりも……分からない**　ここで語られる行為は、娘ベアトリーチェに対する陵辱を予感させる。

9　**聖トマスに誓って**　序文（七頁）ならびに序文の訳注11参照。

10　**血の混じったキリストの汗**　新約聖書『ルカによる福音書』第二二章四四節、「イエスは苦しみもだえ、いよいよ切に祈られた。汗が血の滴るように地面に落ちた」参照。なお、聖書からの引用は『聖書――新共同訳』による。

11　**頑丈な牢獄の……魂を預けた肉体**　古代ギリシアの哲学者プラトン Plato（前四二七？〜前三四七？）の対話篇『パイドン』*Phaedo* 八二D〜E、「学ぶことを愛する者なら知っていることだが、哲学がかれらの魂を世話しようと引き取ったときには、かれらの魂はどう仕様もなく肉体の中に縛られ糊《のり》付けにされている。かれらの魂は、牢獄を通してのように肉体を通して、存在するものを考察するように強いられ、けっして魂自身が魂自身を通して考察することはない」（岩田靖夫訳）参照。

12 **サラマンカ**　スペイン西部にある都市で、一二一八年に創立されたサラマンカ大学がある。ここにチェンチ伯爵の息子であるロッコとクリストファーノが留学している。

13 **疑い深く辺りを見回して**　チェンチ伯爵は残忍かつ大胆な性格の持ち主であるが、周囲を気にする臆病な一面も持っている。

14 **地面よ……語ってはならぬ**　この台詞には、シェイクスピアの『マクベス』*Macbeth*（執筆一六〇六〜〇七？）でマクベスがダンカン王を暗殺しようとする際に言う台詞、「確固たる不動の大地よ、／どの道を歩いたとしても俺の足音を聞いてはならぬ、／お前のその敷石に俺の居場所を語られるのを恐れ……」（第二幕第一場五六〜五八行）のエコーが見られる。

第二場

15 **パラティーノの丘**　序文の訳注17参照。

16 **特免**　ローマ・カトリック教会における法規からの免除で、教皇や司教の意志によって教会法の効力を一時停止させること。

17 **冷たい忠誠**　若者が恋人に抱くような情熱的な愛の忠誠ではないということ。

18 **嘆願書**　ベアトリーチェがチェンチ伯爵の迫害から救ってくれるよう教皇に向けて書いた嘆願書。その経緯については同幕の訳注20を参照。

19 **数ある裕福な……手放さない限りは**　司教のオルシーノはローマの名門貴族の出であり、複数の司教区が与えられ、そこから収入を得ているという設定になっている。ところで、オルシーノという彼の名前は、中世ローマにおいてコロンナ家と覇権を争ったオルシーニ家を連想させる。

20 **以前、彼女の姉にそうしたように**　「チェンチ一族の破滅にまつわる物語」によると、ローマ教皇は父親からの虐待に耐えかねたベアトリーチェの姉の訴えを受け入れ、彼女を貴族の男性と結婚させてチェンチ伯爵から逃れさせた。このとき、結婚持参金を彼女に持たせるよう教皇から命じられたために、チェンチ伯爵の怒りの矛先はもう一人の娘ベアトリーチェに向けられ、彼女への虐待行為がエスカレートしていく。

21 **鹿の視線で……逃げてしまったら**　狩りの比喩は一一～一三行にも出ていたが、追う側（ベアトリーチェ）と追われる側（オルシーノ）の立場がここでは逆転している。なお、原文では「羚羊《れいよう》」"Antelope"となっているところを「鹿」と訳した。

第三場

22 **たしかに私は……罪深い人間だ**　悪を正当化する手段として原罪（アダムとエバ〔イヴ〕の堕落によって人間が生まれながらにして持っている罪）を利用することは冒涜行為だとされている。新約聖書『ローマの信徒への手紙』第六章一～二節、「では、どういうことになるのか。恵みが増すようにと、罪の中にとどまるべきだろうか。決してそうではない。罪に対して死んだわたしたちが、どうして、なおも罪の中に生きることができるでしょう」参照。

23 **あなたは……叶えられた**　ソポクレスの『アンティゴネ』*Antigone*、「その二人の子息が、二重の死の運命《さだめ》により、ただ一日に、相互いの手に撃ち合い切り合い、兄弟の血に塗《まみ》れて滅んだとき……」（呉茂一訳）

参照。テーバイを追われて物乞いとなった盲目の王オイディプスは、自分に冷酷な仕打ちをした息子エテオクレスとポリュネイケスを呪い、その後二人の息子は戦《いくさ》を起こして共に死んでしまう。チェンチ伯爵の息子二人に対する呪いは、このオイディプスの呪いを連想させ、実際、オイディプスらのラブダコス一族と同様、チェンチ一族も呪われた運命をたどることになる。

24 **暗い道**　地獄へとつながる死の道。

25 **ロッコ**　六一行に出てくるクリストファーノと同じく、サラマンカに留学しているチェンチ伯爵の息子。

26 **一二月二七日**　イエス・キリストの十二使徒の一人であるヨハネの祝日であり、罪なき嬰児《みどりご》殉教の日の前日でもある。罪なき嬰児殉教の日とは、ユダヤの王ヘロデ Herod（在位前三七～前四）が、生まれたばかりのイエス・キリストを殺害するためにベツレヘムとその周辺にいる二歳以下の男児を全員虐殺した日にちなむ（新約聖書『マタイによる福音書』第二章一六～一八節参照）。

27 **エルドラド**　スペイン人によって南米アマゾン川のほとりにあると信じられていた黄金の国。

28 **聖体**　ミサ（聖餐式）で聖別されたパンとワインを指し、イエス・キリストの肉と血とされている。聖餐。ローマ・カトリック教会の「秘跡」の一つなので、原文では“sacrament”となっている。

29 **用心するがいい……度胸はない**　この台詞は、チェンチ伯爵を取り押さえようとして立ち上がった者たちに向けられている。

30 **コロンナ公爵**　名門貴族であるコロンナ家は、当時のローマにおいて絶大な権力を誇っていた。

31 **ある魔法**　ベアトリーチェに対する陵辱を暗示する言葉。

32 **俺の血管を流れて……悪となれ**　ここでは、第一場四九～五四行でカミッロ枢機卿が語ったチェンチ伯爵の成長過程が、チェンチ伯爵自身の台詞を通じて再び登場している。

第二幕

第一場

1　**お嬢様の嘆願書**　第一幕の訳注18参照。

2　**アヴェ・マリアを捧げるお時間**　アヴェ・マリア（聖母マリアへの祈り、天使祝詞）を吟唱するために鐘が鳴る時刻。

3　**お姉さんのように**　第一幕の訳注20参照。

4　**そのころには……思い出されるだけ**　八六～八七行の原文は、"Whilst I, then dead, and all this hideous coil / Shall be remembered only as a dream" で、シェイクスピアの『ハムレット』*Hamlet*（執筆一五九九～一六〇一？）第三幕第一場六五～六七行、"For in that sleep of death what dreams may come / When we have shuffled off this mortal coil / Must give us pause"「死の眠りの中でどんな夢が出てくるのか／この世の混乱を脱ぎ捨てたときに、／これが我々を躊躇させるに違いない」をなぞった表現となっている。ここで "coil" は、「この世の混乱」、すなわち人間を現世に巻きつけている肉体を意味するので、「脱ぎ捨てた」となる。

5　**教皇を巻き込んで……暮らせおって**　「チェンチ一族の破滅にまつわる物語」によると、チェンチ伯爵の息子ジャコモ、ロッコ、クリストファーノは父親の冷酷な仕打ちに耐えられなくなり、その苦境をローマ教皇に訴えている。この訴えを聞き入れた教皇は、三人がチェンチ宮から離れて生活できるよう、チェンチ伯爵に彼らへの仕送りを命じた。第一幕第一場一二八～一三〇行参照。

6　**汚れのない子羊ども**　原文は "Innocent Lambs" で、罪なき嬰児殉教の日 Holy Innocents' Day（第一幕の訳注26参照）で亡くなった男児たちは「汚れなき子羊たち」と表現されていた。チェンチ伯爵の残虐性と冒涜的精神はヘロデ王の行為と重なって一層強調されている。

7 **それが駄目なら……殺したほうがいいか**　事実、チェンチ伯爵は阿片が盛られたワインを飲まされ、寝ている間に刺客たちに絞殺される（第四幕第三場）。したがって、自分が殺害される方法を自ら予言するこの台詞は劇的アイロニーを含んでいる。

8 **ペトレッラ城**　序文の訳注18参照。

9 **無礼な光**　原文は"the insolent light"で、第一幕第三場一四五行でチェンチ伯爵がベアトリーチェを「無礼な娘」"insolent girl"と呼んだことを想起させる台詞。このチェンチ伯爵の独白に出てくる光と闇の表現は、単なる昼と夜という物理的現象から発展し、善を象徴するベアトリーチェと悪を象徴するチェンチ伯爵の精神状態をそれぞれ描き出している。同時に、夜がやって来ることによって善（ベアトリーチェ）が悪（チェンチ伯爵）によって堕落していくことも暗示されている。

10 **闇よ、やって来い**　シェイクスピアの『マクベス』でダンカン王暗殺の陰謀に引き込まれていくマクベス夫人の台詞、「漆黒の夜よ、やって来い、／地獄の真っ暗な煙に包まれてしまえ、／私の鋭利なナイフが自ら与えた傷を見ることのないように、／天が暗闇の覆いをのぞき込んで／『待て、待て』と叫ばないように」（第一幕第五場五〇～五四行）のエコーが感じられる。第一幕第一場を締めくくるチェンチ伯爵の台詞（一四一～四四行）ならびに第一幕の訳注14も参照。

11 **この世界が落とす影**　太陽の光が当たる地球の反対側にできる円錐状の影で、古代ローマの博物学者ガイウス・プリニウス・セクンドゥス Gaius Plinius Secundus（二三～七九）が『博物誌』*Naturalis Historia*（七七）の中で説いている。

12 **月が籠っている空**　旧月と新月の間にある月の見えない期間（無月期間）の空。

13　**あれをやってしまいたいものだ**　第一幕第三場最終行（一七八行）の台詞を反復するような表現。チェンチ伯爵は娘ベアトリーチェに対する陵辱を実行に移そうとするが、この場面は劇の中では描写されない。

第二場

14　**ガレアッツォ・ヴィスコンティ、ボルジア、エッツェリーノ**　シェリーが読んでいたと思われるスイスの歴史家・経済学者ジャン＝シャルル＝レオナール・シモンド・ド・シスモンディ Jean-Charles-Léonard Simonde de Sismondi（一七七三〜一八四二）の『中世イタリア諸共和国史』*Histoire des républiques italiennes du Moyen Âge*（一八〇七〜一八）に登場する悪名高き支配者たち。ジャン・ガレアッツォ・ヴィスコンティ Gian Galeazzo Visconti（一三五一〜一四〇二）は一三九五年にミラノ公国を成立させた人物。親戚たちを幽閉または殺害し、イタリア北部を広く支配した。チェーザレ・ボルジア Cesare Borgia（一四七六？〜一五〇七）はローマ教皇アレクサンデル六世 Alexander VI（在位一四九二〜一五〇三）の息子。一五〇二年にロマーニャ公爵となって周辺地域を制圧しようとした。ニッコロ・マキャヴェッリ Niccolò Machiavelli（一四六九〜一五二七）は、彼の政治手腕から着想を得て『君主論』*Il Principe*（一五三二）を執筆した。エッツェリーノ・ダ・ロマーノ Ezzelino da Romano（一一九四〜一二五九）は、ギベリーニ党（皇帝派）の指導者となってヴェローナ、ヴィチェンツァ、パドヴァなどイタリア北部を支配した。彼の名前は、シェリーが一八一八年の秋に執筆した「エウガネイの丘で書かれた詩行」“Lines Written among the Euganean Hills”一二三九行にも出てくる。

15　**まるで炎に囲まれた蠍……できるでしょうか**　中世ヨーロッパの動物寓話集の伝統によると、蠍《さそり》は炎に囲まれると自らを刺して自殺する生き物だった。プリニウスをはじめとする博物学者にもこのように言われていた。シェリーの『マブ女王』第六歌三五～三八行や『レイオンとシスナ』（『イスラムの反乱』）第一一詩篇第八連五～八行にも同様の表現が出てくる。

第三幕

第一場

1　**よろめきながら登場し……**　ここから、チェンチ伯爵に陵辱されたベアトリーチェの「狂乱の場」が始まる。

2　**黒く、汚れた霧が／這っている**　ミルトンの『失楽園』第九巻一七九～八一行、「湿ったり乾いたりする茂みの中を通って、／黒い霧のように低く這《は》いながら、彼（サタン）は／真夜中の探索を続けた」参照。

3　**この腐った手足が……閉じ込めているの**　この表現には、肉体がまるで墓のように魂を閉じ込め、やがて肉体が滅ぶ（死ぬ）ことによって魂が解放されるという考えが根底にある。第一幕の訳注11も参照。

4　**不自然な肉**　第二幕第一場六六～六八行に「あの人は私たち皆に／排水溝を流れる水や熱病に冒された水牛の肉を与え、／それを口にするように、でなければ飢え死にするように言いました」とある。しかしこの場面では、「不自然な肉」は近親相姦という不自然な行為を連想させる表現になっている。新約聖書『ユダの手紙』七節、「ソドムやゴモラ、またその周辺の町は、この天使たちと同じく、みだらな行いにふけり、不自然な肉の欲の満足を追い求めたので、永遠の火の刑罰を受け、見せしめにされています」参照。

5　**何かやらなくては、／でも、それが何なのか分からない**　この台詞はチェンチ伯爵の台詞、「やってみたいが、――それが何なのか分からない」（第一幕第一場一〇二行）、そして「あれをやらなくでは」（第一幕第三場一七八行）と対照を成している。ところで、『チェンチ一族』が完成したころの一八一九年八月一六日、イギリスのマンチェスターで議会の改革を求めて抗議運動をする民衆を政府が武力的に弾圧するという「ピータールーの虐殺」と呼ばれる事件が起こった。この出来事をイタリアで知ったシェリーは強い憤りを覚え、同年九月六日のロンドンの出版業者チャールズ・オリア Charles Ollier（一七八八～一八五九）宛の手紙の中で、このベアトリーチェの台詞をそのまま引用している。シェリーは、同月に非暴力・不服従を訴えた改革詩『無秩序の仮面』*The Mask of Anarchy*（一八三二）を書き上げることによって詩人としての行動を示した。

6　**この手足が……神殿となり続け**　新約聖書『コリントの信徒への手紙一』第六章一九節、「知らないのですか。あなたがたの体は、神からいただいた聖霊が宿ってくださる神殿であり、あなたがたはもはや自分自身のものではないのです」参照。

7　**物笑いの種、嘲りの的、驚きの代物**　旧約聖書『申命記』第二八章三七節、「主があなたを追いやられるすべての民の間で、あなたは驚き、物笑いの種、嘲りの的となる」参照。

8　**受け入れたものの色に／染まってしまう**　この台詞を書く際に、シェイクスピアの『ソネット集』*Shakespeare's Sonnets*（一六〇九）第一一一歌六～七行、「それゆえ、私の性質は自分の職業に／染まってしまったも同然だ、まるで染物師の手のように」がシェリーの念頭にあったと考えられている。

9　**あなたは二つの顔を持つ影**　ここで死は、ローマ神話に出てくる門の守護神ヤヌスに例えられている。ヤヌスとは、前と後ろに顔を持ち、すべての始まりを司る神である。

10　**アプリア地方の山中にあるペトレッラ城**　登場人物の訳注3参照。

11　**峡谷の奥深くには……あくびをしていて**　序文（八頁）ならびに序文の訳注13参照。カルデロンの『聖パトリックの煉獄《れんごく》』第二幕二〇一九〜二六行、「この岩が見えませんか／労苦を伴って自らを支えているような様が、／また同じ苦悶に耐え忍びながら／長い年月にわたって下へと落ちてきているような様が？／またその岩は、口から出る息を／ふさいで黙らせている猿ぐつわみたいで、その下は／開かれたままです、そこから、怠惰な様子で／憂鬱そうな山があくびをしています」がこの描写の見本となった。

12　**どのようにして……存在しているのかを**　序文（一〇頁）参照。

13　**哀れな妹よ！／本当に哀れです**　「哀れな」、「哀れです」と訳した“lost”には「堕落した」という意味が含まれており、ジャコモの台詞に呼応することを考慮しなければ、ベアトリーチェの台詞を「本当に堕ちてしまいました」と訳すことができる。彼女が復讐という道徳的な堕落の道を進んでしまうことがこの言葉で暗示されている。ちなみに、この場で“lost”は他に二箇所使われており、それぞれ「哀れな」（一〇四行）、「失って」（一七六行）と訳した。

第二場

14　**油が切れそうなランプよ**　シェイクスピアの『オセロー』*Othello*（執筆一六〇三〜〇四）第五幕第二場七〜一五行、「明かりを消して、そして明かりを消す！／使いの炎よ、もしお前を消してしまい／後悔すれば、もう一度お前を／生き返らせることができる。しかし、卓越した自然が作った巧妙な手本よ、／一旦お前の明かりを消してしまったら、／その明かりを再び灯すことができるプロメテウスの火が／どこにあるのか分からない。バラの花を摘んでしまったら／もう一度生きて成長させることはできず、／きっと萎《しお》れてしまうのだ。まだ枝に付いているお前の香りを味わうとしよう」参照。妻デズデモーナの不貞を疑うオセローは、彼女が寝ている寝室に「明かり」を持って登場する。彼は自分の持つ「明かりを消して」から、デズデモーナの「明かりを消す」（彼女を殺害する）に至る。一方、父チェンチ伯爵の命をランプの炎に例えるジャコモは、未だに親殺しの決心が固まっていない。

15　**自分が存在していなければ**　ジャコモはチェンチ伯爵の命をランプの炎に例えていたが、自分の命をもランプの炎に投影させるかのように一四行の台詞、「まるで存在しなかったかのように」を再び登場させてこの場を締めくくっている。

第四幕

第一場

1　**ローマの連中の目や耳を怖がっているのか**　第二幕第一場一七八行参照。

2　**あいつの姉のように**　第一幕第二場七〇行ならびに第一幕の訳注20参照。

3　**彼に告白をさせろ**　序文（七〜八頁）ならびに序文の訳注12参照。

4　**悔い改め**　序文の訳注10参照。

5　**ローマ平原**　ローマに流れるテヴェレ川の南東に広がる平原で、チェンチ伯爵のいた一六世紀末やシェリーのいた一九世紀初期には不毛で病気が蔓延する地域として知られていた。

6　**あいつの死体は……捨てられ**　旧約聖書『列王記下』第九章一〇節、「犬がイズレエルの所有地でイゼベルを食い、彼女を葬る者はいない」参照。

7　**大地の恐怖**　『鎖を解かれたプロメテウス』の中で、暴君ジュピターは陵辱してテティスに生ませた子を「あの運命の子、大地の恐怖」（第三幕第一場一九行）と呼んでいる。ジュピターはその後、デモゴルゴンの姿をした自分の子によって殺されてしまう。

8　**私たち二人の間に／地獄の淵が見えます**　新約聖書『ルカによる福音書』第一六章二六節、「そればかりか、わたしたちとお前たちの間には大きな淵があって、ここからお前たちの方へ渡ろうとしてもできないし、そこからわたしたちの方に越えて来ることもできない」参照。第三幕第一場でベアトリーチェが語った「峡谷の描写」を連想させる台詞でもある。

9　**神よ……**　一八二〇年七月二〇日、従兄のトマス・メドウィン Thomas Medwin（一七八八〜一八六九）宛の手紙の中でシェリーは、ここから始まる「チェンチの呪い」をとくに好きな箇所だと言っている。

10　**マレンマ**　イタリア中西部トスカーナ州、ティレニア海沿岸にある低湿地。健康的に有害な場所として知られていた。

11　**天よ……不自由な足にしてしまえ**　シェイクスピアの『リア王』第二幕第四場一五九〜六一行、「天に蓄えられたすべての復讐が／恩知らずなあいつ（ゴネリル）の頭の上に降りかかれ！　毒のある大気よ／あの若い体を襲って不自由な足にするのだ！」参照。リア王は自分への忠誠を裏切った長女ゴネリルを呪うが、次女リーガンにも裏切られてしまう。

12　**すべてを見抜く太陽よ……くらます光線で**　第二幕第一場一七四〜八一行参照。ローマでは太陽の光を恐れ、闇を求めたチェンチ伯爵であるが、ペトレッラ城の中では太陽の光まで自分の味方にしている。

13 **あいつに子供ができたら**　チェンチ伯爵がベアトリーチェと肉体関係を持ったことを示す劇の中では最も直接的な表現。

14 **力溢れる自然よ……追いやるのだ**　シェイクスピアの『リア王』第一幕第四場二六七～八一行、「自然よ、聞いてくれ、親愛なる女神よ、聞いてくれ、／もしお前があの生き物を子だくさんに／したいのであれば、その目的を中止しろ。／奴の子宮に不妊を送り込み、／子を増やす組織を干からびさせろ、／そして、不具の体から名誉をもたらす赤ん坊が／生まれることのないように。もし出産することがあれば、／癇癪《かんしゃく》の強い子供を作り出せ、そいつが生きて／あいつにとって無礼で自然に反した苦痛の種となるように。／あいつの若々しい額に皺を刻み込み、／頬には涙が流れる水路を引け、／母親の苦悩も喜びもすべて／笑いと恥辱に変えるのだ、したがってあいつは／親不孝な子供を持つことが毒蛇の牙よりも／いかに鋭利なものであるかを感じるだろう」参照。同幕の訳注11の引用と同様、これもリア王のゴネリルに対する呪いの台詞である。自然に対して不自然な祈願をしている点で、チェンチ伯爵の呪いとリア王の呪いは共通する。

15 **こんな睡魔は経験したことがない**　この台詞から、チェンチ伯爵が阿片を盛られたことが分かる。

16 **無礼な**　原文は“insolent”で、作品の中で三度使われている語だが、他の二つに関しては第二幕の訳注9を参照。

17 **善なるものすべてが……動き出すだろう**　シェイクスピアの『マクベス』第三幕第二場五三～五四行、「昼間の善なるものはうなだれ眠気が差し始める、／一方、夜の黒い使者たちは獲物を求めて動き出す」参照。

第二場

18 **最後の審判**　キリスト教の教義の一つで、世界の終末に全人類に対して下される神の裁き。

第三場

19 **呼ばなかったか？／いつです？／今だよ**　シェイクピアの『マクベス』で、ダンカン王を殺害した直後にマクベス夫人とマクベスがするやり取り、「話しませんでしたか？／いつ？／今です」（第二幕第二場一八行）に酷似した台詞。

20 **良心**　ベアトリーチェは「良心」という言葉を第二場三九行でも使っているが、この概念を否定的に捉えている彼女の態度は父チェンチ伯爵と共通している（第一場一七七〜八二行参照）。

21 **もしお前に……ならないわね**　この台詞は短剣に向けて言われている。

22 **命の光**　新約聖書『ヨハネによる福音書』第八章一二節、「イエスは再び言われた。『わたしは世の光である。わたしに従う者は暗闇の中を歩かず、命の光を持つ。』」参照。

23 **暗闇と地獄は……飲み込んでしまいました**　第三幕第一場一四〜二三行参照。

24 **出血しないように首を絞めて殺したぞ**　「チェンチ一族の破滅にまつわる物語」では、チェンチ伯爵は頭や首に槌《つち》で釘を打ち込まれ、もがいた末に死んでいる。その後、ベアトリーチェとルクレツィアは彼の死体をシーツに巻いて運び、バルコニーから落としている。この血の付いたシーツが原因で、彼女たちは殺人の罪に問われることになる。

25　**最後の審判を告げるラッパ**　世界の終末に最後の審判を告げる天使ガブリエルのラッパ。

第四場

26　**お兄様の意に従い**　責任を逃れるための口実だが、オルシーノは実際、ジャコモ本人にも同様のことを前もって言っている（第三幕第二場七一〜七三行参照）。

27　**想像するだけでも……オルシーノ**　一八二一年に出た第二版では、この部分は散文体になっている。

28　**ここにいる方全員を／逮捕します**　「チェンチ一族の破滅にまつわる物語」によると、マルツィオの逮捕、オリンピオの死、そしてベアトリーチェたちの逮捕は、チェンチ伯爵殺害から大分日数が経ってから起きている。この劇では、チェンチ伯爵が殺害された直後に彼を逮捕しにやって来たローマからの一団がベアトリーチェたちを逮捕するというアイロニーが、時間の短縮によって一層強調されている。

29　**命の中の命**　汚れのない世評や名声を指す。この後のベアトリーチェの台詞から分かるように、一旦重大な犯罪で告発されてしまうと、たとえその内容が事実無根であっても、傷ついた世評が回復することはない。このような被害を被った人間は、不十分な潔白、すなわち汚れた世評を背負ったまま人生を送らなければならない。

30　**さまよう思い**　ミルトンの『失楽園』第八巻一八五〜八七行、「神はすべての心配事に対して、私たち（人間）から離れて暮らし、／そして私たちを悩ませないように命じたのです、私たちが自ら／さまよう思いや虚しい観念でそれらを追い求めることがない限り」参照。

第五幕

第一場

1 **俺の計略の糸**　第一幕第二場八〇～八三行参照。

第二場

2 **刑車**　手足を縛って体を車輪で無理やり引き伸ばす拷問器具。

3 **お前の人生を……かわいい子供**　シェリーは、『チェンチ一族』の執筆中に三歳の息子ウィリアム William を病気で亡くしており、妻のメアリーは一八三九年に出版されたシェリー詩集の注の中で、この部分には息子の死に対するシェリーの悲しみが投影されていると言っている。

4 **雫**　チェンチ伯爵の虐待行為がもたらす悲しみの涙とも取れるが、第三幕第一場の冒頭で描写されたベアトリーチェの心身を蝕む毒液を連想させる。

5 **我々の偉大なる父**　神を指す。

6 **審判者**　死後の人間を裁く最高絶対の神を指す。

7 **裁判官のあなたが……なさる気ですか**　イギリスの劇作家ジョン・ウェブスター John Webster（一五八〇？～一六三四？）の復讐劇『白い悪魔』*The White Devil*（初演一六一二？）で、夫殺しと姦通の罪でモンティチェルソ枢機卿に尋問されているヴィットリアの台詞、「もしあなたが私の告発者なら／裁判官になるのはおやめください」（第三幕第二場二二五～二二六行）参照。この劇の舞台も一六世紀のイタリアである。

8　**彼の目と……与えてください**　ベアトリーチェの視線については、第一幕第二場でオルシーノが言及している（八三〜八七行）。マルツィオとのやり取りからも分かるように、自分の視線に影響力があることをベアトリーチェ自身、理解している。

9　**敬虔で**　「敬虔で」を意味する"Pious"という言葉は、シェリーがイタリアにいた当時、ローマ教皇の座に就いていたピウス七世 Pius VII（在位一八〇〇〜二三）の名前と発音が同じである。クレメンス八世と同様、非人道的で厳格な政治体制を敷いていたピウス七世を非難する地口《じぐち》だろうか。

第三場

10　**二人が自白したのです**　「チェンチ一族の破滅にまつわる物語」の中では、ベルナルドも拷問にかけられ、ジャコモ、ルクレツィアと共に自白をしている。

11　**物笑いの種や嘲りの的**　第三幕第一場一六〇行ならびに第三幕の訳注7参照。

12　**馬の後ろ足に……しまうことでしょう**　ベアトリーチェたちが有罪になれば、馬に引きずられながら町中を通って処刑場へと向かい、群衆の前で処刑されることになる。それは見せしめとして「教会」で示される「神への崇拝」のようでもあり、「劇場」で行われる「見世物」のようでもある。

13　**これからは……糸車に換えなさい**　拷問台、すなわち刑車（同幕の訳注2参照）ではなく糸車のほうが自分には相応しいという意味。

14　**迫害する者と迫害される者**　第三幕第一場でジャコモが同じ表現を使っているが（二八四行）、ジャコモが親子の関係（チェンチ伯爵とジャコモ）について言っているのに対し、ベアトリーチェは自分が生きている社会の構図（「暴君」と「奴隷」）について言っている点で相違がある。

15 **歌**　この歌はブランク・ヴァース（訳者まえがき〔ⅰ頁〕参照）ではなく、二～四歩格の対句で構成されている。

第四場

16 **昨晩……逃亡中である**　「チェンチ一族の破滅にまつわる物語」によると、パオロ・サンタ・クローチェなる人物は、遺産の譲渡を拒んだという理由で母親を殺害した。

17 **お前は余の甥だが**　第一幕の訳注4参照。

18 **杖**　牧杖《ぼくじょう》または司教杖《しきょうじょう》のこと。司教の持つ十字架が付いた杖で、教会を象徴している。

19 **イエス様の情け深い約束**　新約聖書『ルカによる福音書』第二三章四三節、「するとイエスは、『はっきり言っておくが、あなたは今日わたしと一緒に楽園にいる』と言われた」参照。

20 **カイン**　旧約聖書『創世記』第四章に登場するアダムとエバの長男。弟アベルを殺して人類最初の殺人者となる。

21 **死を司る使者たち**　ベアトリーチェたちを処刑場に連れていく役人たちのこと。

22 **さあ、これで大丈夫**　本作品では、ベアトリーチェたちが処刑場へ向かおうとする場面で幕が閉じるが、「チェンチ一族の破滅にまつわる物語」では、この後に処刑の場面が生々しく描かれる。

訳者解説

一．劇の成り立ちと反応について

近親相姦、親殺し、公開処刑というスキャンダラスな内容が盛り込まれたある一族の滅亡の記録を基に、詩人パーシー・ビッシュ・シェリーは詩劇『チェンチ一族』を書いた。作品が誕生したのは一八一九年、この年はフランス革命とナポレオン戦争の後に起こったウィーン体制、すなわち保守反動体制によって民主化運動が弾圧される風潮がヨーロッパを覆っていた時期であり、それを象徴するかのようにピータールーの虐殺がイギリスのマンチェスターで起きている（第三幕の訳注5参照）。当時、祖国イギリスを永遠に離れ（彼の生まれはサセックス州）、イタリアに移住していたシェリーは、大いなる情熱と野心をもって様々な形式や文体を駆使した詩作に挑戦し、彼を「革命の詩人」と言わしめることになる『鎖を解かれたプロメテウス』、『無秩序の仮面』、そして「西風に捧げるオード」“Ode to the West Wind”（一八二〇）といった社会改革を訴える作品がこの年に誕生した。そんな中で異彩を放っているのが『チェンチ一族』である。

訳注の中でも何度か触れたが、まず『チェンチ一族』の種本となった物語の概要を述べておきたい（以下の内容は、「チェンチ一族の破滅にまつわる物語」を基にしてある〔序文の訳注1参照〕）。舞台は一六世紀末のローマ、対抗宗教改革を背景にローマ教皇が権力を握っていた時代である。物語の中心となる人物はフランチェスコ・チェンチ伯爵、そしてその娘ベアトリーチェ・チェンチである。チェンチ伯爵は異常な物欲と情欲、そして暴力的かつ残虐な性格を持った人物であり、罪を犯せば教皇に寄進をして赦免されたり、邪魔になった自分の子供らを葬るために屋敷内に教会を建てたりと、自分の欲望を思いのままに満足させている。そんな彼に正義感をもって真っ向から反抗する人物が彼の娘ベアトリーチェであった。娘の生意気な態度に業《ごう》を煮やしたチェンチ伯爵は、彼女の肉体と精神を破滅させるべく彼女を陵辱する。父親への復讐を誓ったベアトリーチェは、兄ジャコモ、継母ルクレツィア、そして家族に同情を寄せるグエッラ猊下《げいか》（オルシーノのモデル）と共にチェンチ伯爵暗殺の計画を企て、刺客たちの手によって父親殺しは果たされる。ところが、事件の真相が明らかになるとベアトリーチェたちに対する殺人容疑が浮上し、グエッラ猊下が逃亡する一方、ベアトリーチェ、ジャコモ、ルクレツィアは逮捕されてしまう。彼らは裁判中に過酷な拷問を受けた末、有罪が確定し、教皇クレメンス八世の慈悲を得られることなく群衆の前で処刑される。亡くなった当時、ベアトリーチェはまだ二〇歳だった（史実では二二歳）。彼女の弟ベルナルドは処刑を逃れるものの、チェンチ一族は事実上、破滅を迎えるのであった。この物語は数多くの写本を通じて広く普及し、ローマを旅行したフランスの作家スタンダール Stendhal（一七八三〜一八四二）

アメリア・カラン Amelia Curran 作
パーシー・ビッシュ・シェリーの肖像画

の短編小説『チェンチ一族』*Les Cenci*（一八三七）でもよく知られている。その後ベアトリーチェは、正義感と純粋さを兼ね備えた悲劇のヒロインとして偶像化されることになるが、出回っていた写本の内容と実際にあった出来事には異なる点がいくつもあることが分かっており、ベアトリーチェの本性についても今なお謎に包まれている。

シェリーがこの物語と初めて出会ったのは一八一八年五月、イタリアのリヴォルノで友人のジョン・ギズボーン John Gisborne とその妻マライアに会った際に、彼らが所有していた物語の写本を紹介されたときであった。これをシェリーの妻メアリーが書き写しており（この翻訳〔英訳〕版が「チェンチ一族の破滅にまつわる物語」である）、シェリーはチェンチ一族の物語をいつでも読むことができたのである。そして、この悲惨な物語が再びシェリーを惹きつけたのは、物語との出会いからちょうど一年が経った一八一九年の春、彼の一行がローマに滞在していたときであった。チェンチ一族にまつわる悲劇はローマでは広く知れ渡っていたが、コロンナ宮で当時グイド・レーニの作とされていたベアトリーチェの肖像画に出会ったとき、シェリーは大きな感銘を受けることになる（現在はローマのバルベリーニ宮〔国

グイド・レーニの作とされていた
ベアトリーチェ・チェンチ？の肖像画

立古典絵画館〕に所蔵されているこの絵画は、レーニが描いたものではなく、モデルもベアトリーチェではないことが判明している）。処刑される直前のベアトリーチェの姿が描かれたと言われているこの肖像画は、チェンチ一族の物語をローマの人々の記憶に残す象徴的な役割を果たしていたが、シェリーも同様の影響を受け、もう一度写本を読み返した。シェリーがベアトリーチェという人物を思い浮かべるとき、この肖像画から受けた印象が大きく影響していることが序文の内容から想像できる。また彼は、悲劇が起こった当時の雰囲気を残すチェンチ宮を訪問している。ローマ滞在からふと湧き出てきたこのような経験は、シェリーの詩的想像力を大いにかき立て、彼の心の中にチェンチ一族の物語を基にした劇作品を作り上げる構想が浮かんでいったのである。

しかし、シェリーは当初、物語の劇化をメアリーにするよう勧めていた。彼は劇の執筆に少なからぬ抵抗感を抱いていたのである。その大きな理由は、彼がこの作品を読み物（レーゼドラマ closet drama）としてではなく、舞台で上演される劇として構想したことにあった。彼の念頭には、ロンドンの劇場コヴェント・ガーデンがあったのである。自分の愛読するギリシア悲劇やシェイクスピアの作品はもとより、当時ロンドンで上演されていた演劇やオペラ（シェリーはオペラの愛好者であった）、そしてヨーロッパ大陸へ渡った際に読んだジョン・ブラック John Black の翻訳によるドイツの批評家アウグスト・ヴィルヘルム・シュレーゲル August Wilhelm von Schlegel（一七六七～一八四五）の『劇芸術および文学関係講演集』*A Course of Lectures on Dramatic Art and Literature*（一八一五）を通じて、シェリーの中に劇作に対する強い興味が湧いていたのは確かである。実際、彼は自己の理想を神話の世界に投影させた喜劇『鎖を解かれたプロメテウス』の執筆中だった。しかし、この劇は受容の対象をかなり限定するものだった。シェリーが自己の理想主義を詩によって表現するとき、現実から遊離した抽象的な比喩表現、そして韻文の流動的な展開が生み出す統語論的な難解さを伴うことが多い。『鎖を解かれたプロメテウス』はこのような文体の特徴を如実に示しており、典型的な「シェリー風」の作品だと言える。その序文の中でシェリーは、自分が作品の中で描いたものは「道徳的に卓越した美しい理想主義」であり、その対象となるのは「高度に洗練された想像力」を持った「詩的な読者の中でもえり抜かれた階級」だと言っている。一方、『チェンチ一族』の中で彼が描いているのは、「美しいものや正しいものに対する私（彼）自身の理解を具現化した創造物《ヴィジョン》」ではなく「ある悲しい現実」（献辞（一頁））であり、その対象はどうしても劇場に足を運ぶ大衆でなくてはならない。それはある意味、非シェリー風の文体を使って創作することを意味していた。シェリーはメアリーに、自分が「あまりにも形而上的で抽象的であり、理論的なものや理想的なものをあまりにも好むので、悲劇作者として成功できない」と言っている。それでも、メアリーは提案者である夫に劇作をするよう懇願し、同年五月中旬には詩劇『チェンチ一族』の執筆が開始している。恐らくシェリーは、自分の作品の上演が実現することを執筆の大きな原動力に変えたのかもしれない。抵抗感から一転、大きな夢が芽生えたのである。それは同時に、時代の寵児《ちょうじ》となっていた彼の友人で詩人のジョージ・ゴードン・バイロン George Gordon Byron（一七八八～一八二四）と肩を並べるチャンスでもあった。

シェリーは、劇場、そして観客に受け入れられる作品を完成させるために可能なことは実行に移したようだ。メアリーは、「この悲劇は（執筆）過程において彼が私と話し合った唯一の作品である」と言っている。彼らは場の配置についても一緒に検討したのである。またシェリーは、当時ロンドンで活躍している俳優が舞台で演じているのを想像しながら劇を作っていった。ベアトリーチェの役をイライザ・オニール Eliza O'Neill（一七九一～一八七二）に、チェンチ伯爵の役をエドマンド・キーン Edmund Kean（一七八七～一八三三）に演じてもらいたいと彼は考えていた。「執筆中、彼の考えの中には彼女（オニール）の存在が度々あった」とメアリーは言っているが、一八一八年二月一六日にコヴェント・ガーデンでシェリーがイギリスの劇作家ヘンリー・ハート・ミルマン Henry Hart Milman（一七九一～一八六八）の悲劇『ファツィオ』*Fazio*（一八一五）を観たという記録があり、この上演でオニールはビアンカ役を演じていた。俳優、舞台の演出、そして観客といった劇場の疑似的な想像が、今までにはなかった創作方法となったことは間違いない。その一方で、自己の本来の文体を封印してこの作品を書き上げた詩人の苦労を感じさせる言葉が、序文の中にいくつか見受けられる。彼は、「私はこの演劇を書くにあたって、一般に純粋な詩と呼ばれるものを持ち込まないよう細心の注意を払った」と言っているし、「我々は真の共感を生み出すために人々が慣れ親しんでいる言葉を使わなくてはならない」（序文〈八頁〉）とワーズワス的な詩論を展開しているのである（序文の訳注14参照）。これらの考えは当然、シェリーの多くの詩を表す特徴とは言い難いものだ。それでも彼は、新しい創作方法を通じて独自性を発揮しようとした。文体は変わっても、この悲劇がシェリーの詩魂を表現した作品であることは間違いない。事実、当時ロンドンで上演されていた悲劇に見られるゴシック的要素やメロドラマの感傷的な要素で『チェンチ一族』の本質を説明するのは不可能であろう。

新たな野心を持って『チェンチ一族』を執筆するシェリーであったが、その作業を中断させる出来事が起こってしまう、三歳の息子ウィリアムの病死である（同年六月七日）。その後すぐに、シェリーは愛する息子の面影を残す場所から逃れるように一行とローマを離れ、リヴォルノ近郊にあるヴァルソヴァーノ荘へと移り住むようになる。その近くにはギズボーン夫妻が住んでおり、シェリー夫妻にとって精神的な支えとなった。第五幕第二場にベアトリーチェが幼くして亡くなった少年の話を持ち出す場面があるが、劇の執筆と息子の死がもたらす正と負の感情が、ベアトリーチェを

ヴァルソヴァーノ荘（訳者撮影）

媒介として同時に表出した部分だと言える（第五幕の訳注3参照）。だが、深い悲しみの最中でもシェリーは、家に立ち込める闇をかき消すがごとく劇の執筆に奮闘した。そして、ローマでの執筆開始から三か月ほどが過ぎた同年八月中旬ごろ、彼はヴァルソヴァーノ荘で詩劇『チェンチ一族』を脱稿する。この執筆期間は、完成までに一年以上の月日を要した詩劇『鎖を解かれたプロメテウス』の執筆期間とは対照的であり、上演の実現のために大衆向けの作品を書くという詩人の意志は最後まで揺らぐことはなかったのである。

完成した劇には序文、そしてシェリーの擁護者であるリー・ハントに向けられた献辞が付け加えられた。序文の中には、詩論『詩の擁護』を予感させるような演劇論を見ることができる。またシェリーは、種本の翻訳とベアトリーチェの肖像画の写しも作品に盛り込もうと考えていた。チェンチ一族の物語がイタリアでは有名な史実であり、その「非常に恐ろしくぞっとするような内容」（序文〔五頁〕）を舞台上で表現できるように作り替えたということをシェリーは強調したかったのかもしれないが、この構想が叶うことはなかった（一八三九年に出版された詩集に種本の翻訳が初めて掲載された）。『チェンチ一族』は、同年九月下旬までにリヴォルノの印刷業者グラウコ・マージ Glauco Masi によって二五〇部印刷され、イギリスに送られる準備ができていた。

同年七月二五日ころのイギリスの小説家・詩人トマス・ラヴ・ピーコック Thomas Love Peacock（一七八五〜一八六六）宛の手紙の中でシェリーは、『チェンチ一族』はこれまでの自分の作品とは異なり「大衆受けする」特徴を持った上演に相応しい劇であると述べており、作品の出来栄えに自信を見せている。そして彼は、献辞と序文を省いた作品を自分の名前を伏せた状態でコヴェント・ガーデンに持っていくようピーコックにお願いする。彼にとって上演の実現が最も重要であり、出版は二の次だったのである。『チェンチ一族』はコヴェント・ガーデンの経営者の手に渡った。ところが、作品は嫌悪感を抱かれ、上演は拒絶されてしまう。嫌悪感を招いた原因は、疑いもなく近親相姦という内容にあった。社会的タブーが盛り込まれた劇の上演が当時の検閲に引っかかる恐れがあったのである。シェリー自身もこれに対して懸念を抱いていたが、劇の題材が史実であること、そして題材の扱いには細心の注意を払ったという理由から上演の実現を願っていた。だが、現実はそう簡単には行かなかったのである。

『チェンチ一族』が劇場に拒否されたのをシェリーが知ったころ、彼がベアトリーチェ役を演じてほしかったオニールも結婚をして劇場を去っていた。当然、作品が彼女の目に触れることはなかったのである。シェリーの絶望がいかに大きいものであったかは想像に難くない。残された希望は、出版による成功であった。イタリアで印刷されていたものはイギリスに渡り、一八二〇年の三月にはロンドンの出版業者オリアによって出版されている。今回は、『チェンチ一族――五幕から成る悲劇』という題名と共にイタリアに住むシェリーの名前が本の扉を飾っていた。シェリーは同年三月六日のオリア宛の手紙の中で、『チェンチ一族』は（『鎖を解かれたプロメテウス』とは対照的に）よく売れるだろうと推測している。事実、『チェンチ一族』は（『マブ女王』の海賊版を除いて）シェリーが生きている間に第二版が出るほど売れた唯一の作品となったのである。

ところが、雑誌に掲載された作品の批評は概して辛辣なものだった。同年四月一日発行の『リテラリー・ガゼット』*The Literary Gazette, and Journal of Belles Lettres, Arts, Sciences* では、「我々の時代において知的誤用、そして詩的無神論が生んできた嫌悪の中で、この悲劇は我々にとって最も嫌悪感を抱かせるもののように思われる」という言葉が批評の冒頭を飾っている。また、一八二一年六月発行の『ブリティッシュ・レヴュー』*The British Review and London Critical Journal* には、シェリーは元の内容をもっと恐ろしく忌々しい物語に変えてしまったと、シェリーが試みたことと正反対の内容が書かれている。このような批評は、作品を文学的な見地から論じたものではなく、近親相姦や親殺しという内容を非難するものであったが、別の非難の理由として考えられたのが、他でもないシェリー自身であった。当時イギリスでは、摂政時代を支えるトーリー党政権が言論の自由や民主化運動を厳しく取り締まっていたが、彼は、リー・ハントやメアリーの父で思想家のウィリアム・ゴドウィン William Godwin（一七五六～一八三六）との交流、そして『マブ女王』の中で表現した過激な思想によって、祖国では急進的思想を持つ無神論者として知られていた。したがって、当時の政策に迎合する批評家たちが彼の作品を攻撃するのは当然のことだった。『チェンチ一族』から受けてしまう過激な出来事やローマ・カトリック教会に対する痛烈な批判といった印象は、シェリーの危険な思想を裏付けるものに過ぎなかったのである。作品を匿名で劇場に送ろうと考えたシェリー自身も、自分のこのような影響力を感じていたに違いない。リー・ハントのように劇に対して好意的な論評をする者もいたが、自信作に対する不当な評価は、詩人に執筆意欲を喪失させるほどの深刻なダメージを与えたのである。

『チェンチ一族』が正当に評価され、好意的に受容されるには、一八二二年以降、すなわちシェリーが亡くなった後の時代を待たなくてはならない。メアリーが情熱を込めて編集した夫の『遺作詩集』*Posthumous Poems of Percy Bysshe Shelley* が一八二四年に出版され、一八三二年の選挙法改正に象徴されるような時代風潮の変化が訪れると、詩人シェリー、そして『チェンチ一族』に対する評価にも徐々に変化が訪れるのであった。作品が多角的な視点から真摯に分析されるのは二〇世紀になってからのことであるが、その代表がスチュアート・カラン Stuart Curran の研究書 *Shelley's Cenci: Scorpions Ringed with Fire*, Princeton UP, 1970 であることに異論はないだろう。劇の初演が実現したのはシェリーの死後六〇年以上も経った一八八六年、ロンドン北部のイズリントンでシェリー協会主催による非公開上演であった。非公開だったことは、当時もまだ上演を阻む検閲があったことを示している。その後、一八九一年にパリ、一九一九年にドイツのコーブルク、一九一九〜二〇年にモスクワ、一九二二年にプラハとロンドン、一九二三年にローマ、そして一九二四年にフランクフルトで上演が実現し、一九三五年にフランスの劇作家アントナン・アルトー Antonin Artaud（一八九六〜一九四八）によるリメイク版が話題となる。残酷演劇を掲げて自らチェンチ伯爵を演じたアルトーの演出は、シェリーの作品と大分かけ離れたものであったが、この上演がシェリーの作品を広く知らしめる契機となったのは間違いない。『チェンチ一族』を基にしたオペラもいくつか誕生している。今でも容易に鑑賞できるのは、ドイツ系のイギリスの作曲家ベルトルト・ゴルトシュミット Berthold Goldschmidt（一九〇三〜九六）が作曲し、『不条理の演劇』*The Theatre of the Absurd*（一九六一）で有名な批評家マーティン・エスリン Martin Esslin（一九一八〜二〇〇二）がリブレットを担当した『ベアトリーチェ・チェンチ』*Beatrice Cenci*（作曲一九四九〜五〇、初演一九八八）であろう。宴会の場で合唱となって非難する来客たちをバリトンのチェンチ伯爵が制止する場面や、シェリーが唯一ブランク・ヴァース以外の形式で書いた歌（第五幕の訳注15参照）をベアトリーチェがソプラノの声で美しく歌い上げる場面など、見どころ（聴きどころ）の多いベルカント・オペラであるが、オペラを愛好したシェリーが観たらどんな感想を抱いただろうか。

二　劇の構造と主題について

悲劇『チェンチ一族』は、舞台上の行動や出来事、すなわち筋の展開が欠如していると指摘されることがある。作品の中には、シェリーにとって劇作の模範となったシェイクスピアの作品を想起させる表現が数多く見られるが、シェイクスピアの作品に見られるような目まぐるしい筋の展開は見られない。これを劇の構造的な欠点（上演用の劇であればなおさら）だと指摘する研究者もいるが、カランは、シェリーは登場人物の行動ではなく、彼らの心理的な葛藤に焦点を置いて劇を書いたと主張している。実際、劇からは複雑な筋の展開や余分なわき筋は削ぎ落とされ、チェンチ伯爵とベアトリーチェを中心に物語が一直線に展開している。筋が単純化されると、結果としてある行動から次の行動に発展する過程にある登場人物の心理描写が強調されることになる。チェンチ伯爵の大胆さや臆病さ、そしてベアトリーチェの苦悩とそれを克服しようとする強い精神は、行動ではなく心理描写によって伝わってくる。また、ベアトリーチェが狂乱の状態で登場し（彼女は自分をそうさせた出来事を明確に語ろうとしない）、父親に対する復讐を決意する過程が描かれる第三幕第一場が劇の中で最も長い場である一方、チェンチ家の三人が処刑される場面が一切描かれずに幕が閉じるのは、カランの主張を裏付ける構造上の特徴である。この劇では、出来事と出来事の間が重要な場面となるのだ。第二幕第二場で策略家の司教オルシーノが、「自分自身や相手の気持ちを細かく調べるのが／この家族の習慣だからな」（一〇八〜〇九行）と言っているが、この「自己を解剖する行為」（一一〇行）こそがチェンチ一族に破滅をもたらす原因となる。登場人物たちの思考や感情の複雑な変化が互いに交錯してこの悲劇が構築されているのであり、これが『チェンチ一族』の本質だと言ってもよい。このような劇の特徴は決して構造的な欠点とは言えないし、逆に大きな魅力となり得るだろう。さて、心理描写に焦点が置かれた構造を持つこの劇を通じて、我々は何を感じ取ることができるだろうか。ここでは訳者が翻訳中に感じたことを述べてみたい。

この劇の台詞の中に“unnatural”という形容詞が八回も登場する。この言葉を使っているのは、チェンチ伯爵、ベアトリーチェ、ルクレツィア、ジャコモ、カミッロの五人である。Unnatural を直訳すると「不自然な」となるが、文脈に合わせていくつかの訳を当てることも可能だった（エリスのコンコーダンスでは、この語は四つの意味に分類されている）。しかし、五人の登場人物の台詞に八回も登場すると、逆にあまりぶれない訳を当てたいという願望が訳者の中に生まれた。最終的に「自然に反する（反した）」という訳を当てたが、劇の中でこの言葉がどのような意味で用いられているのか非常に気になった。「チェンチ一族の破滅にまつわる物語」の中でもこの言葉は登場している。家族に蛮行を働くチェンチ伯爵は「自然に反する父親」と表現されており、またベアトリーチェたちは「自分らの父親を殺害するほどの自然に反した子供たち」と表現されている。『チェンチ一族』の中でもほぼ同じ観点からこの語が使用されている。例えば、宴会の場で留学中の息子たちが死んだのを喜んでいたチェンチ伯爵のことをルクレツィアは「自然に反した自惚れ」（第二幕第一場四四行）と表現し、一方チェンチ伯爵は、自分に反抗的だったその息子たちを「自然に反した息子二人」（同幕同場一三三行）と呼んでいる。さらに、unnatural の対極にあり、また unnatural の意味を規定する概念である“nature”すなわち「自然」という言葉についても同様のことが言える。ジャコモは、「奴（チェンチ伯爵）は自然を捨て去りました、かつては自分を守ってくれたものを、／自然も奴を見捨てています、もはや恥となる存在ですから。／私はどちらもはねつけます」（第三幕第一場二八六〜八八行）と言ってチェンチ伯爵との親子の関係を放棄し、また「奴（チェンチ伯爵）が私に命を与えたのですから、／自然の法に逆らって私は……」（同幕同場三三三〜三四行）と父親の殺害をほのめかしている。これらの台詞から、「自然に反する」という言葉の基盤となっているのが、父と子の「自然な」関係であることが理解できる。しかし、この関係を「子を慈しむ父、父を敬う子」という言葉だけで単純に説明できるだろうか。

先述したが、この作品で描かれているのは「ある悲しい現実」である。またシェリーは、序文の中で「登場人物を実際そうであったような人物にできるだけ近づけて表現することに努めた」（六頁）と述べ、自己の道徳的な判断を劇の中に介入させなかったことを明言している。したがって、『チェンチ一族』において「自然」とは、劇の世界を作り上げている環境、強いて言えば宗教的イデオロギーを意味することになる。この劇には聖書に由来する台詞が数多く登場するが、一六世紀末のローマでは、宗教、つまりローマ・カトリック教会が社会的な規範を形成していた。教会の頂点に君臨するのはローマ教皇であり、劇の中で彼は社会の「儀式、法律、風習」（第五幕第四場五行）を象徴する存在として描かれている（この劇にローマ教皇は登場しないが、彼の甥で枢機卿のカミッロが彼の意を代弁する役割を果たしている）。シェリーは、神を名目にして政治的な権力を掌握する教会に対して批判的であったが（彼はキリストの教えを否定していたわけではない）、劇の中で教会（教皇）の専制的なやり方を最も象徴しているのが、揺るぎない父親の権威である。教皇にとって父権は自分の「影」（第二幕第二場五六行）であり、いかなる理由があっても子供の反抗は許されない。彼が擁護するのはあくまでもチェンチ伯爵であって、ベアトリーチェたちではない。また、教皇がチェンチ伯爵を擁護する理由が、単に宗教的なものではないことが劇の冒頭で明らかとなる。教皇は、殺人の罪を犯したチェンチ伯爵に対して土地や金と引き換えに恩赦を与えており、殺人者をいわば「財産管理人」（第一幕第一場三二行）にしているのだ。つまり、ベアトリーチェたちによる親殺しは、父権社会を弱体化させる行為だけでなく、教皇庁の財源を奪う行為でもあった（序文〔四頁〕参照）。彼女らに対する裁判も拷問も、有罪ありきの手続きに過ぎないのである。劇の世界を形成する父権社会は、父親の子供に対する虐待を黙認し、家庭内にある「迫害する者と迫害される者」（第三幕第一場二八四行）の関係が社会にある「迫害する者と迫害される者」（第五幕第三場七五行）の関係に組み込まれてしまう状態（第五幕の訳注14参照）を生み出している。したがって、劇の中に登場する「自然」という言葉は、このような社会の環境から生まれた産物だと考えることができる。自然は、表面的には理想的な親と子の関係を象徴する言葉でありながら、家庭内の暴力行為を隠蔽する言葉でもあり、その根本的な解決を阻む状態を意味するのだ。

自然が自然として見なされるのは劇の世界だけである。序文の中でシェリーは、「プロテスタントの理解からすれば、チェンチ一族の悲劇に浸透している神と人間の関係が生む熱心で永続的な感情には、何か不自然なものが感じられるかもしれない」（七頁、傍点は訳者）と言っている。もし我々が、シェリーと同様に、劇の世界を形成する宗教的イデオロギーを「道徳的な振る舞いの規範」（同頁）と見なさないのであれば、劇の中の自然は歪《ゆが》んだものとなり、そうなると、この劇に出てくる「自然に反する」という言葉も文字通りに受け取ることができなくなる。歪んだ自然の中に存在する不自然がその中で否定されたとしても、その外では別の信念や価値観を肯定する動機を与えることになるのだ。この劇には、当たり前のように歪んだ自然に生きる人物と、歪んだ自然の対極にある自然に反するものから自分の価値を見出す人物がいる。これは、「迫害する者と迫害される者」という父権社会の構図とは別の次元にあり、もっと個人的で人間の心理に見られる差異から生まれたものである。前者はカミッロ枢機卿、ルクレツィア、ジャコモ、ベルナルド、オルシーノといった人物だ。この中で歪んだ自然を最も知り尽くしていたのはオルシーノである。彼の計画は、ベアトリーチェから愛を得られなかったことを除けばすべて思い通りになっている。彼には「塔の上から眺めるように、すべての結末が見える」（第二幕第二場一四七行）のだ。しかし、この劇で最も強い個性を見せるのは後者、すなわち自然に反するものの中から自分自身の信念と価値を見出した人物だ。チェンチ伯爵とベアトリーチェである。

劇の序盤において、ベアトリーチェとチェンチ伯爵はまるで善と悪を象徴するかのように対極の関係にある。ベアトリーチェは強い忍耐力をもってチェンチ伯爵の虐待に耐え続けている。また彼女は、家庭の暴君と化している父親から家族を守る役割を果たし、ルクレツィアやベルナルドにとって「たった一つの避難所、そして砦《とりで》」（第二幕第一場四九行）となっている。このような父と娘の対立した関係が最も明確に描かれているのが、第一幕第三場の宴会の場である。チェンチ伯爵は親戚や貴族たちを屋敷に招待し、留学している息子たちの死を一緒に祝おうとする。ここで彼が行う行為は明らかに宗教、すなわち自然の悪用である。彼は信仰を持っているが、それはあくまでも自分の言動を肯定する手段でしかない。したがって彼は、神に祈りを捧げたことによって息子たちが死んだと信じている。ワインを息子たちの血に例え、それを聖体と見なす彼にとって、地獄にいる悪魔も天にいる神も両方、自分の味方なのだ。もちろん、自分の殺人の罪を赦免するローマ教皇も同様である。ところで、第四幕第一場にある「チェンチの呪い」では「自然に反した」という言葉が二度登場するが（一五五行、一八八行）、なんと彼は不自然なものの中からも活力を得られることを十分自覚しているのだ（第四幕の訳注14参照）。チェンチ伯爵は自然（社会を取り巻く宗教的イデオロギー）を私利私欲のために解釈し、自然に反する行為に訴える人物なのである。宴会の場は、ベアトリーチェがチェンチ伯爵に対して毅然とした態度をとる最後の場面である。息子たちの死を祝おうとする残虐な父親に対してベアトリーチェは、「自然に反する人」（五四行）と面と向かって言っている。彼女に強さを与えているものは、疑いもなく神の存在である。彼女のあつい信仰心こそが、いつか自分たちが平穏な生活を送ることができるという希望を持続させているのだ。しかし、彼女の祈りが神に届くことはなく、家庭の悲惨な状態が改善される見込みはない。残されたのは、社会、すなわち自分の生まれ育った環境による救済だけである。ところが、親戚たちやコロンナ公爵をはじめとする有力な貴族たちにチェンチ伯爵に刃向かう勇気はない。彼らにとって、チェンチ伯爵は自然に反する殺人者であり、「危険な敵」（一四三行）なのだ。ローマ教皇の代弁者であるカミッロ枢機卿にとっても同様である。これが現実であり、結局、ベアトリーチェが考えていた自然の同胞たちは、自分とは別の自然に生きる人間たちであった。それが決定的となるのが、「最後の望み」（第二幕第一場二八行）となる嘆願書がローマ教皇に却下されたときである（実際には、オルシーノが嘆願書を教皇に渡さなかった）。ベアトリーチェの絶望は頂点に達するが、まだ彼女はチェンチ伯爵の対極にいる。ただし、第二幕第一場の彼女にもう力強さは見られない。そんな中、チェンチ伯爵は娘である彼女に蛮行を働く。まさに、とどめの一撃である。

第三幕第一場の冒頭で展開される「狂乱の場」では、父と娘の自然に反する行為、すなわち近親相姦によってベアトリーチェの負った傷がいかに深いものであるかが象徴的に表現されている。ここで重要なのは、チェンチ伯爵の暴力が彼女の肉体のみならず、精神までも破壊させてしまったということだ。本当に毒された部分とは、彼女の「繊細で、純粋で、最も奥にある命に宿った魂」(二三行)なのである。チェンチ伯爵が発した台詞に呼応するかのように「何かやらなくては、／でも、それが何なのか分からない」(八六〜八七行)とベアトリーチェが言ったとき(第三幕の訳注5)、彼女はもはや父親の対極にはいない。彼女が受けた精神的破壊は、親殺しという復讐を決断させる。それは、物質的な危害を受けて父親に復讐しようとする兄のジャコモとは対照的である(彼は妻の結婚持参金と自分の職をチェンチ伯爵に奪われ、自分の家庭が崩壊する〔第二幕第二場、第三幕第一場〕)。ベアトリーチェにとって世間を取り巻く自然は何の意味もなく、もちろんそこには自分の信じる神は存在しない。本当の神は自分の心の中に存在するのである。したがって父親に復讐することは、神に成り代わって行う正義の行為なのだ。たとえ自然、すなわち劇の世界に生きる者たちにとって親殺しが自然に反する行為だとしても、ベアトリーチェにとっては何の濁りもない純粋で自然な行為なのである。それが最も伝わるのが、彼女がペトレッラ城で刺客たちを脅迫する場面、そして裁判で自分の無罪を主張する場面である。法廷で彼女がマルツィオに向ける視線は、庭園でオルシーノに向ける視線となんら変わりはない(第五幕の訳注8参照)、父親の蛮行を契機に彼女が自然に背を向けたということ以外は。チェンチ伯爵が揺るぎない欲望によって自然に反する行為を正当化するように、ベアトリーチェは揺るぎない信念によって自然に反する行為を正当化する。二人に共通するのは、自己肯定の精神である。この父と娘は対極の立場にありながら、鏡の中にもう一人の自分が存在するかのような、いわゆる鏡像関係を描き出しているのだ。それは、二人が使う「良心」という言葉が同じ響きを持っていることからも理解できるかもしれない（第四幕の訳注20参照）。

チェンチ伯爵とベアトリーチェの鏡像関係はこれだけに止《とど》まらない。二人の心の中には、常に互いの姿が強迫観念のように存在しているのである。チェンチ伯爵のベアトリーチェに対する執着心は尋常ではない。この父親はなぜこれほどにも自分の娘を憎むのだろうか。我々は、この解明されることのない謎を抱えながら第四幕第一場にある「チェンチの呪い」の異常さに圧倒される。チェンチ伯爵は、「力溢《あふ》れる自然」（一四二行）に向かって劇の中の自然とはかけ離れた命令をする。彼が望むのは、ベアトリーチェが自分の子供を生み、「歪《ゆが》んだ鏡のように」「最も忌み嫌う者（チェンチ伯爵）と／混ざり合った自分の姿を見る」（一四七〜四八行）ことなのだ。このような自然に反する欲望がベアトリーチェの魂を破壊したのである。一方、親殺しという自然に反する行為によって心の平安を得ようとしたベアトリーチェはどうだろうか。チェンチ伯爵が死んだ後に彼女は、この世に彼が存在していたら「天国にも希望がなかった」（第四幕第四場一三九行）と言っている。つまり、父親の存在は彼女の信仰にまで入り込んでいたのだ。父権を転覆させることが自然に反する行為となる劇の世界で、ベアトリーチェたちの無罪は絶対にあり得ない。カミッロ枢機卿でさえも、裁判中にベアトリーチェの言葉に心を乱し、ローマ教皇に彼女たちの恩赦を求めようとするが、不運にも母親殺しの事件が起こって彼の嘆願は却下されてしまう。第五幕第四場において、すべてに見捨てられ自分の死を受け入れたベアトリーチェは、偽りのない自己の世界観を描き出す。しかし、神の救済に見切りをつけ、すべてを無に返そうとする彼女の冷たい心でさえも、父親の存在を消し去ることはできない。死んでこの世から去った後も、チェンチ伯爵は亡霊のように娘の精神の中で生き続けているのだ。父親に支配された世界を破壊するために無慈悲な自然の力を求める彼女の姿は、彼女を破滅させるために有害な自然を求める父親の呪い（「チェンチの呪い」）を彷彿とさせる。死を目前にした二人は共に、劇の中の自然を転覆させる力を外界の自然の中に求めたのであった、それも異常な (unnatural) 自然の中に。一六世紀末に「ローマで最も高貴で最も裕福な一族の一つを破滅に追いやった」（序文〔三頁〕）のは、「自然に反する」世界に生きてしまったチェンチ伯爵とベアトリーチェである。この血のつながった父と娘の鏡像関係が「ある悲しい現実」の悲劇性をより一層増幅させている、と訳者には強く感じられた。出来事ではなく、登場人物の心理描写に焦点が置かれた『チェンチ一族』の魅力の一つがそこにあるのではないだろうか。

訳者あとがき

愛と革命の詩人パーシー・ビッシュ・シェリーを愛し、彼の詩の研究を始めてから二〇年以上の月日が流れたが、正直言って、詩劇『チェンチ一族』と本気で向き合う機会はあまりなかった。なぜなら、抒情的な表現こそがシェリーの詩の一番の魅力であり、序文の中で「一般に純粋な詩と呼ばれるものを持ち込まないよう細心の注意を払った」と書かれている『チェンチ一族』は「シェリー風」の作品とは思えなかったからである。しかし、二〇一二年のローマ訪問や二〇一三年に始めたゴルトシュミットのオペラ『ベアトリーチェ・チェンチ』に関する研究がきっかけとなり、シェリーの別の魅力、つまり『チェンチ一族』の魅力に触れる機会を得ることができ、いつしかこの詩劇を翻訳しようを思い立ったのである。

二〇一五年の夏に試訳が完成したが、これを六回に分けて『流通經濟大學論集』第一九二〜九三、一九五〜九八号（流通経済大学経済学部、二〇一六〜一八）で発表させていただいた。この内容にさらなる検討を重ねた末、今回の出版に至った。流通経済大学出版会にはこの場を借りて御礼申し上げる。また訳者解説は、『流通経済大学流通情報学部紀要』第二一号（流通経済大学流通情報学部、二〇一七）で発表した『チェンチ一族』に関する論考、そして今年の三月一七日、日本大学芸術学部江古田校舎で開催されたイギリス・ロマン派学会第一一五回四季談話会で行った発表の原稿を編集したものである。

日本国内の『チェンチ一族』の翻訳は、これまで一橋書房から出版された小倉武雄氏による訳があったが、一九五五年に出たものであり、現在ではほとんど流通していない。今から六〇年以上も前に翻訳を成し遂げた小倉氏に敬意を表しつつ、今回の拙訳がシェリーの『チェンチ一族』を知らなかった一人でも多くの方々に読まれることを切に願っている。また、今回の出版がきっかけとなり、日本国内で本作品の舞台での上演が実現することがあれば、訳者としてこれ以上のことはない。

最後に、本の制作にご尽力いただいた山口隆史氏、本城正一氏、吉成美佐氏、訳者に有益な助言と温かい激励をくださったマシュー・グエイ氏、桑野久子氏、アダム・ジェネス氏、柴田一浩氏、関哲行氏、吉村聡氏、群島会で大変お世話になっている松島正一先生、そして妻と娘に心から感謝の意を表したい。

この本を故床尾辰男先生に捧げる。

二〇一八年四月二日

訳者　藤田　幸広

W. Norton, 2002.
——. *The Letters of Percy Bysshe Shelley*. Edited by Frederick L. Jones, vol. 2, Clarendon P, 1964.
Webster, John. *The White Devil. The Duchess of Malfi and Other Plays*, edited by René Weis, Oxford UP, 1996, pp. 1–101.

和書

『聖書——新共同訳』日本聖書協会、1994 年。

ソポクレス著、呉茂一訳『アンティゴネ』『ギリシア悲劇 II』筑摩書房、1986 年、147–218 頁。

プラトン著、岩田靖夫訳『パイドン——魂の不死について』岩波書店、1998 年。

引用文献

訳注と訳者解説の中で直接引用している文献のみを掲載してある。

洋書

Barcus, James E., editor. *Shelley: The Critical Heritage*. Routledge, 1975.

Calderón de la Barca, Pedro. *El Purgatorio de San Patricio. Obras Completas*, edited by A. Valbuena Briones, vol. 1, Aguilar, 1969, pp. 175–210.

Milton, John. *Paradise Lost*. Edited by Stephen Orgel and Jonathan Goldberg, Oxford UP, 2004.

Shakespeare, William. *Hamlet*. Edited by Ann Thompson and Neil Taylor, rev. ed., Bloomsbury Arden Shakespeare, 2016.

——. *King Lear*. Edited by R. A. Foakes, Thomas Nelson and Sons, 1997.

——. *King Richard III*. Edited by James R. Siemon, Bloomsbury Arden Shakespeare, 2009.

——. *Macbeth*. Edited by Sandra Clark and Pamela Mason, Bloomsbury Arden Shakespeare, 2015.

——. *Othello*. Edited by E. A. J. Honigmann, introduction by Ayanna Thompson, rev. ed., Bloomsbury Arden Shakespeare, 2016.

——. *Shakespeare's Sonnets*. Edited by Katherine Duncan-Jones, rev. ed., Bloomsbury Arden Shakespeare, 2010.

Shelley, Mary. "Note on *The Cenci*, by Mrs. Shelley." *Poetical Works*, written by Percy Bysshe Shelley, edited by Thomas Hutchinson, Oxford UP, 1970, pp. 334–37.

——. "Relation of the Death of the Family of the Cenci." *Mary Shelley's Literary Lives and Other Writings*, edited by Pamela Clemit and A. A. Markley, vol. 4, Pickering and Chatto, 2002, pp. 296–308.

Shelley, Percy Bysshe. *Shelley's Poetry and Prose*. Edited by Donald H. Reiman and Neil Fraistat, Norton Critical Edition, 2nd ed., W.

Percy Bysshe Shelley
The Cenci. A Tragedy, in Five Acts

チェンチ一族

2018年 5月15日　初版発行
2022年10月 1日　第2刷発行

著　者　パーシー・ビッシュ・シェリー
訳　者　藤田 幸広
発行者　山口 隆史
印　刷　株式会社シナノ印刷

発行所　株式会社 音羽書房鶴見書店
〒113-0033 東京都文京区本郷 3-26-13
TEL 03-3814-0491
FAX 03-3814-9250
URL: http://www.otowatsurumi.com
e-mail: info@otowatsurumi.com

Printed in Japan
ISBN978-4-7553-0410-1 C1098
組版編集　ほんのしろ／装幀　吉成美佐（オセロ）
製本　株式会社シナノ印刷

訳者紹介

藤田　幸広（ふじた・ゆきひろ）

1975年、福島県福島市に生まれる。
青山学院大学大学院博士後期課程単位取得退学。
現在、流通経済大学教授。
専門は、詩ならびにイギリス・ロマン主義文学。
著書に、詩集『濁った言葉』（日本文学館、2007）がある。